I0612014

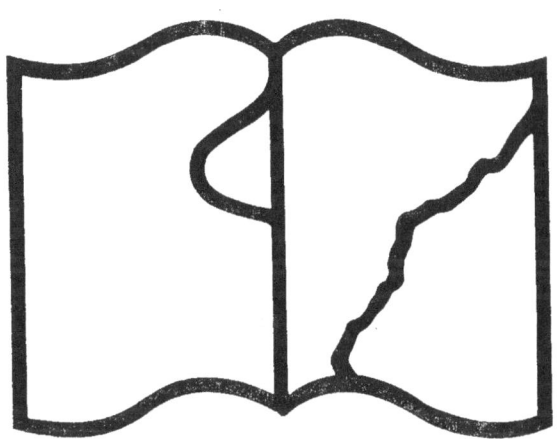

Texte détérioré — reliure défectueuse

NF Z 43-120-11

CHARLES AUBERT

PANTOMIMES

MODERNES

P. KAUFFMANN del.

PARIS

ERNEST FLAMMARION, ÉDITEUR

26, RUE RACINE, PRÈS L'ODÉON

PANTOMIMES

MODERNES

Il a été tiré de cet ouvrage vingt exemplaires sur papier de Chine, numérotés et parafés par l'éditeur.

A LA MÊME LIBRAIRIE

DU MÊME AUTEUR

NOUVELLES AMOUREUSES

Illustrations de J. Hanriot

Un volume in-18. . . . . . **3 fr. 50**

O

IMPRIMERIE E. FLAMMARION, 26, RUE RACINE, PARIS.

CHARLES AUBERT

Pantomimes

Modernes

Illustrations de P. KAUFFMANN

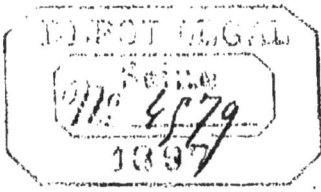

PARIS

ERNEST FLAMMARION, ÉDITEUR

26, RUE RACINE, PRÈS L'ODÉON

PANTOMIMES

MODERNES

1

Portraits de Mmes *Angèle Héraud*, *Renée de Presles*, *Louise Willy*, *Suzanne Derval*, *Micheline*, *Andrée Canti*: M^{le} *Simier*.

LA PUCE

LA PUCE

PANTOMIME EN UN ACTE

Musique de M. Louis Ganne.

Représentée pour la première fois, au Casino de Paris,
le 16 novembre 1894.

———

PERSONNAGES

MADAME . . . . Mlle Angèle Héraud.
LA FEMME DE CHAMBRE. . . . . Mlle Rescali.

DÉCOR

Un boudoir coquet. Une fenêtre à gauche. Une porte au fond.
Une porte à droite. Au premier plan à droite : une cheminée
avec pendule, candélabres, vases, etc. Entre la fenêtre et la
porte du fond, un canapé avec coussins. Devant la fenêtre un
guéridon avec une mappemonde. Au-dessus du canapé, un portrait représentant un officier de marine.

———

SCÈNE I

MADAME, seule.

Au lever du rideau, Madame est étendue à plat ventre sur le canapé,
le buste supporté par les coudes, elle examine attentivement la
mappemonde. De son doigt, même, elle étudie la route des Indes.

— En ce moment, mon mari est ici.

Elle indique un point. Puis se levant avec impatience :

1.

— Il va faire le tour du globe avant de revenir.

Elle va consulter le calendrier.

— Il y a déjà quatre mois qu'il est parti ! Et moi, ici, toujours seule, je m'ennuie, je m'ennuie à mourir !... Me voici encore dans un état d'énervement inexprimable.

Inquiète, avec dans sa chair une angoisse voluptueuse, elle s'étend de nouveau sur la chaise longue et se cache le visage dans son bras.

SCÈNE II

MADAME, LA FEMME DE CHAMBRE

La femme de chambre entre discrètement apportant un bouquet et une lettre.

— Pour madame.

— De quelle part ?

— C'est du jeune peintre dont on voit l'atelier de cette croisée.

— Petite sotte !

Madame se dresse irritée et traverse la scène.

— Voilà ce que je fais de cette lettre et de ce bouquet !

Elle froisse la lettre et la jette, ainsi que le bouquet, dans la cheminée.

— Si vous recommencez à vous charger de pareils messages, je vous chasserai. N'oubliez pas que je suis mariée. Les amoureux, je n'en ai que faire.

— Je vous demande pardon.

— Sortez.

(La soubrette disparaît.)

SCÈNE III

MADAME, seule

— Quelle audace!... A moi, des fleurs, un billet doux!... Je suis d'une colère... Ce peintre est un impertinent!

> Cependant son regard s'arrête sur le bouquet; elle paraît prise de pitié pour les pauvres fleurs maltraitées. Après un instant d'hésitation, elle les ramasse.

— Elles sont jolies pourtant... et leur parfum est fort doux. A la rigueur... des fleurs peuvent s'accepter... (Elle pose doucement le bouquet sur la cheminée.) Mais ce billet!... Oser m'écrire. Oh! c'est d'une insolence!

> Elle regarde la lettre, puis avec un sourire :

— Je voudrais bien savoir ce qu'il dit... Bast! personne ne le saura...

> Elle ramasse la lettre, l'examine avec inquiétude, hésite et se décide enfin à l'ouvrir.
>
> Lisant :

« Votre beauté céleste d'amour m'a rendu fou.
Je vous en supplie, quand sonneront trois heures,
Descendez; je vous attendrai sous votre fenêtre.
     Je vous baise la main. »

— Moi, descendre! Aller le retrouver! Ah, le fat! c'est à mourir de rire...

> Avec précaution, elle va soulever le rideau de la fenêtre.

— Il n'est pas encore là... Il est vrai qu'il n'est pas trois heures. (Elle devient rêveuse.) Je me souviens...

Je l'ai vu peignant... Son regard est très doux...
Voilà que mon cœur bat et ma tête s'égare... Oh!
non, non, je ne veux pas.

> Elle va devant la glace, arranger ses cheveux et se mettre de la
> poudre de riz.
> Soudain trois appels retentissent.

— C'est lui... je frissonne... Il m'appelle... Que
faire? Ah! je deviens folle!...

> Elle va à la fenêtre, entr'ouvre encore le rideau et comprimant
> les battements de son cœur :

— Il est là... Tant pis! (Elle sonne.)

SCÈNE IV

MADAME, LA FEMME DE CHAMBRE

— Que désire madame?
— Mon chapeau, mon manteau.

> La soubrette lui donne le chapeau, lui tend son manteau.
> Madame met ses gants avec nervosité.
> Pendant ce temps la femme de chambre regarde dans l'âtre à
> l'endroit où se trouvaient le bouquet et la lettre; voyant que
> l'un et l'autre ont été ramassés, elle sourit.
> Madame surprend le sourire et fronce les sourcils.

— Sortez.

> La soubrette s'incline et sort.

SCÈNE V

MADAME, seule.

— Quelle engeance que les domestiques!

> En cet instant trois appels retentissent de nouveau.
> Elle rit.

— Mon amoureux s'impatiente.
Elle va à la fenêtre, l'ouvre, regarde.

— Oui... attendez... Soyez prudent.

Elle revient souriante, enivrée; mais à la vue du public (sa conscience), elle devient confuse, rougit, baisse les yeux.

— C'est bien grave ce que je fais là. (Avec décision.) Et puis, flûte!... C'est vrai, toujours seule, c'est à mourir... J'y vais.

Elle fait trois pas vers la porte.

Mais au moment de sortir, elle s'arrête devant le regard sévère de son mari dont le visage semble se courroucer dans son cadre.

Elle tressaille, détourne la tête, plie les épaules.

De côté, elle lui jette un regard craintif, puis un autre, et finit par s'enhardir.

— Que je suis sotte!... Ce portrait m'intimide. Il m'effraie et m'agace. Mais j'ai une idée.

Elle s'élance sur le canapé et tourne le portrait contre la muraille.

— Comme cela, je suis tranquille. Allons!

Elle va résolument vers la porte. Mais, à mi-chemin, elle s'arrête pour se gratter le genou.

Arrivée à la porte et se retournant :

— Impossible d'y tenir; une puce me mord.

Les trois appels de l'amoureux se font entendre encore.

— Oh! tout à l'heure! La puce d'abord.

Elle arrache ses gants à la hâte, pose son pied sur le canapé, retrousse ses jupes, soulève la dentelle de son pantalon, fait glisser la jarretière, abaisse doucement le bas et cherche.

— Allons, bon! elle a sauté... partie, disparue.

Elle rétablit l'ordre de ses dessous et retourne vers la porte.

Une démangeaison plus cuisante que la première l'arrête encore cette fois, c'est au cou que la puce l'attaque.

En vain, elle glisse ses doigts entre le collet et la peau. Furieuse
elle dégrafe son manteau, le jette au loin ; peu à peu elle
déboutonne son corsage, finit par l'enlever. Mais la puce se
glisse toujours, toujours plus bas.

— Ah ! je la vois !

Elle se mouille le bout du doigt et fait le geste rapide qui doit
capturer la proie.

— Ratée !

A présent c'est le corset qu'il faut ôter. Animée d'une ardeur bel-
liqueuse, la jeune femme ne pense plus qu'à se rendre maîtresse de son ennemie.

Elle arrache les cordons, elle froisse les étoffes, elle dégrafe le
corset qui s'entr'ouvre et tombe.

A présent, la jeune femme peut se livrer en toute liberté à la
chasse qui la passionne. Écartant sa chemise d'un doigt gracieux, une main levée, prête à fondre sur sa minuscule adver-
saire, ses yeux explorent les coins mystérieux, à droite, à
gauche, sur l'épaule.

Peines perdues. Il faut y renoncer.

— Trois heures et demie ! Oh ! mon Dieu ! et mon
amoureux.

Maintenant ses jupes de son bras gauche, elle va soulever le rideau
de la fenêtre.

— Plus personne... Il s'est lassé d'attendre... Quel
dommage !... Hélas !... Oh ! mais, voici la puce qui
revient là, sur mon cou.

Soudain sa main s'abat rapide comme l'éclair et un sourire triomphant illumine le visage de la jeune femme.

— Enfin, je la tiens. Ah ! petite friponne, tu vas
expier tous tes forfaits !

D'un geste cruel elle va pour l'écraser, lorsqu'elle se ravise.

S'adressant au portrait de son mari, elle dit avec un sourire malicieux :

— Ah! mon cher mari, sans cette petite puce vous seriez à cette heure un mari comme il y en a tant!... Vous pouvez lui rendre grâce.

Et avec une pointe de gaminerie, elle détache une croix du médailler et fait mine d'en décorer la puce.

RIDEAU

LE RÉVEIL D'UNE PARISIENNE

LE RÉVEIL D'UNE PARISIENNE

PANTOMIME

Représentée pour la première fois aux Folies-Bergère,
le 1er juin 1894.

Musique de Louis Ganne.

PERSONNAGES

MADAME . . . . Mme RENÉE DE PRESLES.
LA FEMME DE CHAMBRE. . . . . . Mlle JEANNE LAMOTHE.

Il est dix heures du matin. La chambre à coucher est noyée dans
une demi-obscurité.
Madame dort encore, le nez à la muraille.
La soubrette entre sur la pointe du pied, apportant sur un plateau
le petit déjeuner de madame.
Elle tend le cou, prête l'oreille.

— Tiens, madame dort encore !

Elle pose le plateau sur un guéridon, va à la cheminée et consulte
la pendule.

— Dix heures !

Elle va ouvrir les rideaux de la fenêtre. Un joyeux rayon de soleil
inonde la chambre.
La soubrette vient se placer au pied du lit et contemple sa
maîtresse.

2.

Un peu troublée par la vive clarté, madame se retourne languissamment, et, toujours dormant, installe sa tête mignonne
sur son bras gracieusement replié.

La soubrette lui sourit, la trouvant jolie ainsi ; cependant, il faut
qu'elle se réveille. Elle se rapproche encore et fait entendre
une petite toux d'appel.

Madame s'agite, se renverse et laisse pendre son bras en dehors
du lit.

Alors la soubrette lui prend la main quelle caresse doucement.

Madame entr'ouvre les paupières, voit la jeune fille, lui sourit et
se frotte les yeux.

— Bonjour, madame.

— Bonjour petite. Quelle heure est-il ?

— Dix heures.

— Déjà !

— Madame veut-elle son chocolat ?

— Oui, donne.

La soubrette apporte le plateau.

Madame se soulève et trempe un biscuit dans la tasse.

Comme Annette est près d'elle, la soutenant, madame trempe
un second biscuit dans la tasse et le fait manger à la jeune
fille.

Enfin, après avoir bu, elle tend le plateau à la petite.

— Allons, madame, il faut vous lever. Voyez le
beau soleil.

Madame se dresse sur un bras, le visage tourné vers la fenêtre ;
puis avec une moue pleine de mutinerie, elle se recouche
brusquement et se fourre sous la couverture.

— Comment, madame, vous ne vous levez pas ?

— Non. Donne-moi d'abord les cartes.

Annette apporte un jeu de cartes à madame qui commence aussitôt à les étaler sur la couverture dans un ordre savant.

D'abord, voici le roi de cœur, c'est le mari bien aimé. Il est en voyage et madame soupire désirant son retour.

Puis c'est le neuf de trèfle qui signifie argent.

Enfin, l'as de carreau qui annonce une lettre.

En ce moment, on sonne.

La soubrette disparait un instant et revient rapportant triomphalement un petit bleu.

— C'est de mon mari ! Quel bonheur !

D'un mouvement rapide, elle s'assied sur le lit, les jambes pendantes et cachées à moitié par un coin de la couverture pudiquement ramenée.

Elle décachète la lettre et la lit, pendant qu'Annette agenouillée près d'elle lui met ses bas et ses jarretières.

— Cette lettre est de monsieur ?

— Oui. Aïe ! tu me chatouilles !

— Pardon.

— Si tu recommences, gare à toi !

Ayant achevé de mettre les bas, la soubrette présente à madame ses mules et sa robe de chambre.

— Je vais répondre à cette lettre. (Dit madame en se dirigeant vers la chambre à gauche.)

Annette, seule, choisit une chemise de jour et va jusqu'au seuil de la chambre.

— Cette chemise vous plaît-elle ?... Non ?... Je vais vous en donner une autre. (Revenant.) Alors, celle-ci ? Oui.

Madame revient, enlève son peignoir et change de chemise en usant des jolies combinaisons inventées par la pudeur féminine pour exécuter cette délicate opération sans blesser les convenances.

Puis, s'asseyant devant la table de toilette, elle livre sa chevelure
à Annette qui la coiffe.

Ceci fait, Annette aide madame à mettre son pantalon, son jupon,
son corset.

(La sonnette retentit.)

Annette va ouvrir et rapporte aussitôt une brassée de cartons à
chapeaux qu'elle étale au milieu de la scène.

La jeune femme et la soubrette s'agenouillent devant les cartons,
les couvercles sautent.

Annette présente les chapeaux à sa maîtresse qui les essaye. Les
deux premiers ne sont pas de son goût, mais le troisième la
ravit tant il est gracieux.

— Décidément, je garde celui-ci.

La femme de chambre remporte les cartons, et revient aider madame à endosser sa matinée.

La toilette est terminée; un dernier coup d'œil à la psyché per-
suade madame qu'elle est tout à fait en beauté ce matin.

Néanmoins, elle s'assombrit. Un nuage passe sur son front: elle
soupire et, languissamment, elle va s'asseoir devant le guéridon,
à droite.

— Que je m'ennuie!
— Je comprends... C'est l'absence de monsieur.
— Oui.

Madame laisse tomber sa tête dans sa main.

Soudain monsieur paraît.

Annette fait un mouvement de joie.

D'un signe, monsieur lui impose silence; puis, après avoir déposé
sa valise et son chapeau sur le lit, il s'approche de madame à
pas de loup et l'embrasse sur le cou.

Madame, effrayée, pousse un cri et s'enfuit à l'extrême gauche.
Mais à peine a-t-elle jeté un regard sur l'audacieux, que son
visage s'épanouit.

— Toi! Oh la bonne surprise!

Elle se précipite dans les bras du jeune homme.
La soubrette sourit, et, préparant une retraite discrète:

— A présent, madame ne s'ennuiera plus.

RIDEAU

LE SUICIDE DE PIERROT

3

LE SUICIDE DE PIERROT

PANTOMIME EN UN ACTE

Représentée au Cercle funambulesque.

Musique de M. Ernest Gillet.

PERSONNAGES

MISS MAUD. . . . . Mlle Louise Willy.
PIERROT, maître à danser. . . . . . M. Ch. Aubert.

DÉCOR

Un salon modeste.
Porte au fond. A droite, deuxième plan, une fenêtre, une chaise,
une table. A gauche, un fauteuil.
Du plafond, une corde soutenant un panier avec des fleurs.
Au fond, une pancarte avec ces mots ; *Pierrot, maître à
danser.*

SCÈNE I

PIERROT, seul.

En habit noir et en gants blancs, Pierrot rentre chez lui
en proie au plus profond désespoir.

— Hélas ! Tout est perdu. Plus d'espoir !

Il saisit un portrait de jeune fille qui est sur la table. l'embrasse
fièvreusement et le repose.

— La voilà, celle que j'aime!... et qu'on m'a re-
fusée. — Je viens de chez elle. J'avais mis mes gants

blancs. J'entre en tremblant... mon cœur battait!...
Elle était devant moi... Ici, se tenait sa mère... une

grosse. Je m'incline respectueusement. Madame, lui dis-je, j'aime votre fille à la folie, je vous supplie de m'accorder sa main. — Un instant .. de l'argent, en avez-vous ? — Hein, de l'argent ? Hélas ! non ; pas ça. — Pas ça ! et vous osez !... — Oh ! madame, je vous en prie ! — Sortez, misérable, sortez. (Revenant au public.) Et voilà.

> Peu à peu il s'attendrit . son visage s'allonge , ses traits deviennent grimaçants ; il pleure.
> Soudain une résolution éclate dans ses yeux.

— Je sais ce qui me reste à faire.

> Il ouvre le tiroir de la table et en tire un revolver.

— Grâce à ce revolver, ma vie va s'envoler, mon âme ira je ne sais où ; mon corps insensible sera emporté au cimetière.

> Il fait quelques pas comme s'il suivait le convoi, puis il adresse quelques paroles émues sur sa propre tombe.

— Adieu, la vie ; adieu, le monde ; adieu, toi que j'aime !

— Allons, finissons-en.

> Il dirige le canon du revolver sur sa tempe. Mais au moment de presser la détente, il s'arrête, son regard se porte sur le petit trou noir du canon d'où va sortir la mort ; il frissonne, son bras retombe. Une seconde fois, il recommence sans plus de succès.

— Je vais me donner du courage.

> Il prend une bouteille de cognac, en boit un verre, puis un second ; enfin, il boit à même la bouteille.

— A présent, j'ai la fermeté nécessaire.

> Il tire à la tempe, dans la bouche, au cœur ; mais à son grand étonnement aucun bruit ne se fait entendre. Il s'aperçoit alors

.3.

que le revolver n'est pas chargé. Il fouille le tiroir: la boîte de
cartouches est vide.

— Malédiction ! Que faire ?... Ah ! la fenêtre !

Il va ouvrir la fenêtre, se penche, mesure l'abîme du regard et
recule épouvanté.

— Cinq étages... un écrabouillement hideux ! Pouah !

Il aperçoit la corde qui soutient le panier de fleurs.

— Voilà mon affaire ! Je vais me pendre.

Il grimpe sur une chaise, jette les fleurs au loin, fait un nœud
coulant à la corde et se dresse pour y passer le cou.
Mais son pied crève le cannage de la chaise, sa jambe passe au
travers et il tombe piteusement au milieu de la scène.

En ce moment, on frappe.

— Au diable l'importun !

(On frappe de nouveau et la porte s'ouvre.

SCÈNE II

PIERROT, MISS MAUD

Miss Maud paraît ; elle éclate de rire en voyant son professeur
emprisonné dans la chaise.

— Venez m'aider.

Miss Maud l'aide à se dépêtrer.

— Que faisiez-vous donc avec cette chaise?
— Rien... Mais vous même, que désirez-vous?
— Je viens prendre ma leçon de danse.
— Impossible ; fini les leçons.
Pourquoi donc?
— Parce que... Je vais me pendre.
— Vous pendre !

— Oui, partez.

— Ah, mais non; donnez-moi ma leçon d'abord, vous vous pendrez ensuite.

— Allez-vous-en.

— Non.

— Si.

— Non.

— Si.

Elle s'installe dans le fauteuil et s'y cramponne résolument.

— Vous ne voulez pas vous en aller... Eh bien, à votre aise.

Il se verse encore un petit verre. Pose une planche sur la chaise endommagée, grimpe dessus, salue miss Maud et tente de passer la tête dans le nœud coulant.

Miss Maud se lève avec épouvante.

— Oh! mon Dieu! Serait-ce vrai!

Mais soudain. Pierrot s'étant trop avancé vers un bout de la planche, celle-ci bascule, la chaise se renverse et le malheureux reste suspendu à la corde par une main.

Miss Maud éclate de rire.

Pierrot retombe sur le sol, ramasse la planche et veut renouveler la tentative.

Mais la jeune fille le retient avec énergie.

— Je veux prendre, ma leçon.

— Oh! les femmes! Quand elles ont quelque chose dans la tête, elles ne l'ont pas au talon. Eh bien, soit. Je vais vous la donner votre leçon.

— Ce n'est pas malheureux.

— Quel pas voulez-vous répéter?

— Attendez... Une mazurka.

— Si vous voulez. Attention.

*Ici se place la leçon de danse qu'on peut régler à volonté et sur-
tout selon la science chorégraphique des interprètes.*

*Autant que possible finir sur un adagio très tendre qui permette à
l'élève de prendre des poses les plus séduisantes dans les bras
du professeur.*

*A la fin de l'adagio, Pierrot s'aperçoit enfin que son élève est
excessivement jolie et appétissante.*

Pendant un instant, il l'examine avec admiration.

Miss Maud rougit et reprend sa place dans le fauteuil.

— Dites-moi donc pourquoi vous voulez vous pendre ?

— C'est une lamentable histoire... J'aime une
jeune fille.. On m'a refusé sa main. Tenez, voici son
portrait.

— Voyons .. Peuh ! Elle n'est pas jolie... du tout,
du tout.

— Hein... pas jolie !

— Voyez donc comme elle a une grande bouche !

— Tiens, c'est vrai... fendue d'une oreille à l'autre.

— Et ce nez en trompette.

— Vraiment oui ; elle a le nez en trompette.

— Et ces yeux ! Ne voyez-vous pas quelle louche ?

— Oui... oui... Elle louche horriblement !

— Toute sa physionomie a une expression stupide.

— En effet... On dirait d'une chèvre... Bêê !... Mais
où avais-je donc la tête ?... (Il pose la photographie.) Tan-
dis que vous... Vous êtes mille fois plus jolie... Ces
yeux, couleur du ciel... cette bouche... une rose
exquise, enivrante... Cette taille enchanteresse !...

Transporté d'enthousiasme il veut embrasser la jeune fille.

— Eh bien, y pensez-vous ? Devant cette photographie !

— Au diable, ce portrait !

Il jette la photographie par la fenêtre ; puis revenant à miss Maud, il l'embrasse passionnément.

— Vous ne voulez donc plus vous pendre ?

— Je veux vivre... puisque je vous adore !

— Soyez sage... Reprenons la leçon.

*Reprise de l'*adagio*.*
Sur le couple gracieusement enlacé, le rideau tombe.

A LA BELLE ÉTOILE

A LA BELLE ÉTOILE

PANTOMIME EN UN ACTE

DE MM. CH. AUBERT ET PAUL ANDRY

Représentée pour la première fois au Casino de Cabourg.

Musique de M. Desormes.

PERSONNAGES

BLANCHETTE (marchande de fleurs). . . Mⁱˡᵉ Louise WILLY.
PIERROT. , ... MM. CHARLES AUBERT.
UN IVROGNE . . . . FRANCIS.
UU LOGEUR. . . . . VERNEUIL.

DÉCOR

Un coin de boulevard. — Une fontaine Wallace. — Un banc. —
Une enseigne éclairée : *Hôtel meublé.*
Il fait nuit. Il fait froid

SCÈNE I

BLANCHETTE, puis UN LOGEUR

Au lever du rideau, Blanchette arrive tristement par la droite. Elle
traverse la scène se dirigeant vers l'hôtel meublé. — Au moment de

4

sonner, elle est prise d'une grande appréhension. Après avoir hésité, elle se décide pourtant, et sonne...

UN LOGEUR, paraissant sur le seuil de la porte.

Ah! c'est toi! Eh bien, apportes-tu de l'argent?

BLANCHETTE

Hélas! non, monsieur.

UN LOGEUR

Alors, va-t'en.

BLANCHETTE

Oh! monsieur, il fait nuit, il fait froid; ayez pitié de moi!

UN LOGEUR

Tu n'as pas d'argent, va-t'en! (Il rentre et ferme la porte.)

SCÈNE II

BLANCHETTE, seule; puis PIERROT

Désespérée, Blanchette vient s'asseoir sur le banc. Elle frissonne, ramène son châle sur la poitrine, lève les yeux au ciel, et, se résignant, se dispose à passer la nuit sur le banc.
Pierrot entre en mangeant des pommes de terre frites.

PIERROT

C'est bon! (Il se lèche les doigts. Il va pour reprendre une pomme de terre dans le cornet, mais il s'arrête en apercevant Blanchette. Il l'examine à plusieurs reprises.) Tiens... Elle est gentille... Comme elle est pâle et maigre... Elle me fait pitié... (Il hésite, fait deux pas pour s'en aller, puis regarde encore Blanchette. Leurs regards se rencontrent; il sourit; elle détourne les yeux. Pierrot revient vers Blanchette.) Il fait nuit et froid... Que faites-vous ici ?

BLANCHETTE

Qu'importe !

PIERROT

Décontenancé, Pierrot, reprend une pomme de terre, va pour manger et surprend le regard de la jeune fille fixé sur le cornet qu'il tient...

Oh ! la pauvrette, elle n'a pas mangé !... (Il va s'asseoir sur le banc, s'efforçant d'avoir un air enjoué. Il pose le cornet entre lui et Blanchette, puis comme s'il était au cabaret.) Holà !... quelqu'un.. Jasmin, Lafleur... Apportez ici des plats copieux... Tout ce qu'il y a de bon pour se bourrer... (Blanchette ne peut s'empêcher de sourire. Pierrot déchire un morceau de journal, en fait deux assiettes sur lesquelles il vide le cornet. Puis se levant.) Mademoiselle veut-elle me faire l'honneur de souper avec moi ?

BLANCHETTE

Non... je vous remercie.

PIERROT

Ta, ta, ta... Je n'admets pas de refus... Allons, prenez.

BLANCHETTE

Non... je n'en ferai rien.

PIERROT

Ces pommes de terre... je vous les offre avec mon cœur.

BLANCHETTE

Je suis confuse...

> Pierrot prenant une pomme de terre la lui porte aux lèvres. Blanchette est bien obligée de céder. Elle mange lentement d'abord, puis sur un geste encourageant de Pierrot qui lui donne l'exemple, elle dévore... Saisissant le moment où Blanchette se détourne pour prendre son mouchoir et s'essuyer le bout des doigts, Pierrot lui passe lestement toute sa part, et continue à faire semblant de manger ; Blanchette qui ne s'est aperçue de rien, achève vivement son modeste repas.

PIERROT, qui s'est levé.

Elle me fend le cœur...

> D'un geste machinal, il serre la courroie de son pantalon... Blanchette, qui a mangé trop vite, fait des efforts pour avaler la dernière bouchée...

Attendez. (Dit Pierrot.)

> Et il se précipite vers la fontaine, arrache le gobelet et le rapporte plein d'eau.

Prenez, prenez, c'est un nectar.

BLANCHETTE, boit et lui rend le gobelet en souriant.

Merci.

PIERROT

En voulez-vous un deuxième ?

BLANCHETTE

Non.

PIERROT

Ne faites pas de cérémonie... je comprends... vous avez peur de vous griser... (Il va pour jeter le gobelet, mais il se ravise.) Non pas... Il peut me servir demain. (Il le reporte à la fontaine.)

BLANCHETTE, au public.

Que ce garçon a bon cœur !... Oh ! je vais le récompenser...

Elle choisit le plus beau de ses petits bouquets et l'offre à Pierrot qui revient.

PIERROT, hésite, se fouille.

Hélas, je n'ai pas un sou.

BLANCHETTE, offensée.

Le payer !... vous vous méprenez... Je vous le donne pour vous témoigner ma reconnaissance.

PIERROT

Merci, merci...

Pierrot joyeux, mais interloqué, tient le bouquet gauchement et ne sait pas comment s'en servir.

BLANCHETTE, gaiement et se moquant.

Mais voyez comme il tient ces fleurs !... Donnez, je vais vous apprendre.

Elle lui reprend le bouquet et le fixe à la boutonnière de son

4.

veston. Ce mouvement cause à Pierrot un premier frisson de volupté...

Voilà. (Dit Blanchette.)

PIERROT

Que vous êtes aimable... (Il regarde les fleurs et se redresse très fier.) **A présent, j'ai l'air d'un grand seigneur !** (Il se promène sur le devant de la scène.)

En ce moment la musique cesse à l'orchestre, et l'on entend comme venant de la rue voisine, les sons d'un piano sur lequel on exécute une valse...

BLANCHETTE, à Pierrot.

Écoutez... Oh! la belle musique! (Ils remontent tous les deux et regardent à gauche.)

PIERROT

C'est là... Des gens qui dansent !

BLANCHETTE

C'est une noce!... Je vois la mariée... Dans un beau costume... Oh! que c'est amusant !

La valse devient plus entraînante; malgré eux, Blanchette et Pierrot se balancent en mesure, accentuant progressivement le mouvement, si bien qu'à un certain moment Pierrot saisit la taille de Blanchette et l'entraîne éperdument.

La valse terminée, les deux jeunes gens se désenlacent.

A l'orchestre, un motif qui va s'attristant.

Pierrot regarde Blanchette sans oser parler. Celle-ci s'est rapprochée du banc. Peu à peu le sourire qui éclairait son visage disparaît.

Elle baisse la tête...

Entre un employé qui vient éteindre le gaz et sort...
Nuit complète à la rampe...
Pierrot remonte le collet de son veston, Blanchette frissonne et se
  pelotonne dans son châle.

PIERROT, se rapproche lentement de Blanchette.

Tout est sombre... Tout dort... Il faut vous en aller.
Voulez-vous prendre mon bras. Je vous reconduirai

BLANCHETTE

Non.

PIERROT

Pourquoi?

BLANCHETTE, montrant l'hôtel.

C'est inutile, je demeure ici.

PIERROT

Ah! tant pis, adieu...

Blanchette est très ennuyée... Elle s'est dirigée vers l'hôtel, sachant bien qu'elle va essuyer un nouvel affront; d'un autre
  côté, comme Pierrot l'observe, elle ne peut faire autrement
  que de sonner.

SCÈNE III

LES MÊMES, UN LOGEUR

UN LOGEUR

Encore toi!... Tu as de l'argent, alors?

BLANCHETTE

Non, monsieur, mais de grâce écoutez-moi...

UN LOGEUR

Va-t'en !

BLANCHETTE

Oh ! je vous en supplie !

UN LOGEUR

Va-t'en, va-t'en !...

Il referme la porte. Blanchette anéantie baisse la tête et essuie une larme.

SCÈNE IV

Les Mêmes, moins LE LOGEUR

PIERROT

. Ah ! le gredin ! le misérable. J'aurais du plaisir à le briser sous mon genou. (A Blanchette.) Et à présent qu'allez-vous faire ?

BLANCHETTE

Je ne sais... Je vendais des fleurs aux passants... Mon argent je le portais à cet hôtelier barbu et farouche...

PIERROT

Eh bien ?

BLANCHETTE

Depuis trois jours... les passants m'ont repoussée...

Je n'ai pas vendu pour un sou... Alors le barbu m'a empêché d'entrer... — Je resterai ici...

PIERROT

Mais dormir?

BLANCHETTE

Je dormirai sur ce banc.

PIERROT

Dormir, ici?... par ce froid!... Au matin vous serez raide morte.

BLANCHETTE

S'il plaît au ciel.

Elle s'assied sur le banc et s'enveloppe de son châle.

PIERROT, arpente la scène, très perplexe.

Sapristi de sapristi!... Que faire?... Quel moyen trouver? Dans mes poches?... Non, rien, parbleu!... (A Blanchette.) Écoutez... Moi, j'ai une chambre... un lit pour dormir... Là, tout près... première rue à gauche... Au sixième... Voici ma clef... allez-y.

Effet de clair de lune, si possible.

BLANCHETTE

Et vous?

PIERROT

Oh! moi, les mains dans mes poches, je me promènerai en fredonnant des couplets à la lune.

BLANCHETTE

Et puis, au matin, c'est vous qui serez gelé! Non, non, non, je ne veux pas.

PIERROT

Je vous en prie.

BLANCHETTE

Inutile... jamais.

PIERROT

Alors... alors... (A part.) C'est embarrassant. (Haut.) Vous et moi, tous les deux, allons.

BLANCHETTE, très offensée.

Oh!... une pareille proposition!...

PIERROT

Attendez... que je vous explique... Vous, sur le lit vous dormirez... Moi, sur une chaise, à cheval.

BLANCHETTE

Non, non, non... Vous ne seriez pas sage.

PIERROT

Je prends le ciel à témoin de la pureté de mon cœur.

BLANCHETTE

Non, je vous supplie de vous éloigner.

Pierrot navré gagne l'extrême droite.

SCÈNE V

LES MÊMES, UN IVROGNE

Sur un air bachique, populaire, un bourgeois très gris, entre en titu-
bant. — D'abord il se heurte à la fontaine Wallace... veut l'embrasser... trouve le gobelet... fait mine de boire... rejette l'eau avec
horreur et injurie la fontaine...

L'IVROGNE, descend en disant au public.

A-t-on jamais eu l'idée de ça... Me faire boire de
l'eau... comme à un canard... Misérable!... Où suis-
je donc?.. Tiens, une femme... Palsambleu, j'aime
les femmes, moi.. Pst, pst... ici... viens ici... Tiens
des baisers... encore... Et puis.. et puis... cette
bourse.. Pst... ici... Hein... tu fais la mijaurée...
attends, je vais t'attraper...

BLANCHETTE, épouvantée.

Cet homme me fait horreur!

Poursuivie par l'ivrogne, elle fait le tour du banc, et vient à
droite... Pierrot, qui est remonté, descend au milieu, arrêtant
l'ivrogne d'un regard menaçant.

L'IVROGNE

Quoi?... Qu'est-ce que c'est que celui-là! Tu veux
être battu... Place, ou je frappe!... (Intimidé par le regard
de Pierrot, il recule.) Après tout, il vaut mieux être
ami... Donne-moi la main... Non... Va au diable!...
Pst... viens-tu prendre un verre? C'est moi qui ré-
gale... Pst... viens-tu?

Il s'éloigne par la gauche en gesticulant, comme s'il chantait.

La musique s'éteint au fur et à mesure qu'il s'éloigne...
Un silence... Blanchette est remontée pour suivre des yeux
l'ivrogne... Elle revient au n° 1.

BLANCHETTE, à Pierrot.

Je vous suis reconnaissante... de tout mon cœur.

PIERROT

Cela n'en vaut pas la peine... Mais encore une fois...
vous ne pouvez rester ici... Mille dangers vous envi-
ronnent... d'autres ivrognes peuvent venir...

Reprise à l'orchestre du refrain de l'ivrogne. Blanchette se blottit
avec terreur contre Pierrot qui, doucement, lui prend la taille
et tente de l'entraîner.

BLANCHETTE, se dégageant.

Oh! je suis trop confuse!

PIERROT

Lentement, il détache son bouquet, monte au fond, à droite, en
revient en arrachant les pétales des fleurs et en les répandant
sur le chemin qu'il veut faire suivre à Blanchette.

Voyez quel joli chemin!

Cette action porte le trouble dans le cœur de la jeune fille. Pierrot
revient à elle, l'enlace et l'entraîne à pas très lents, très
doux.

Quand ils sont presque au fond, dos au public, ils s'arrêtent;
leurs yeux se rencontrent et la tête de Blanchette se renverse
mollement au fur et à mesure que les lèvres de Pierrot se
rapprochent.

Pierrot lui prend un premier baiser!!!

RIDEAU

5

LE RIDEAU

LE RIDEAU

PANTOMIME EN UN ACTE

Représentée au Cercle funambulesque.

Musique d'Esteban Marti.

- - - - - - -

PERSONNAGES

PIERROT, peintre, costume national russe,
tout blanc. . . . . M. GIRAUD.
PRINCESSE NADEJDA, riche toilette, pelisse. Mlle D'ARMIÈRES,
du Vaudeville.

LA FÉE-HIVER, pour tout costume un manteau
de tissu d'argent, bordé en duvet de cygne. Mlle WALKER, de
l'Opéra.

DÉCOR

La scène se passe à Saint-Pétersbourg, pendant un hiver rigou-
reux, dans l'atelier d'un peintre très pauvre.

Au fond, un grand vitrage, à travers lequel on voit le plus haut
étage de la maison d'en face. On aperçoit la fenêtre d'une
couturière; quelques ouvrières sont groupées autour d'une
table.

Si les dimensions le permettent, montrer le toit de la maison
d'en face couvert de neige.

Au fond, un tableau représentant la Fée-Hiver.

Au fond, à droite, la porte unique.

Deuxième plan, à gauche, un poêle russe avec porte praticable.

5.

Un divan, une chaise trucquée, un chevalet, des toiles, un ther--
momètre.

SCÈNE I

PIERROT, seul.

Debout, devant le chevalet, il peint de mémoire le portrait de la princesse
Nadejda. — Il se recule, contemple son œuvre.

Je désespère!... Ce n'est pas elle! Son image est
dans mon esprit et je suis impuissant à la reproduire
sur cette toile. (Il se remet au travail. En ce moment, les ouvrières se groupent à la fenêtre et font entendre de grands éclats de
rire.) (Pierrot souriant.) Là, en face, les couturières, des
petites folles qui veulent rire... (Les couturières l'ap-
pellent.) Pst, pst!... (Pierrot allant au vitrage.) Non, non.
Je travaille. Bonjour, bonjour. (Il revient à son chevalet et
contemple le portrait.) (Confidentiellement.) Quel rêve! Elle,
une grande dame, elle viendra ici... chez moi, si
pauvre, si humble... Oui, oui, à trois heures, elle
viendra. Cette idée m'affole et me fait battre le cœur...
N'est-ce pas elle que j'entends. (Il court à la porte qu'il
entr'ouvre, écoute un instant et descend.) Non, pas encore.
D'ailleurs, il n'est pas trois heures. (Il reprend sa
palette.)

SCÈNE II

PIERROT, LA FÉE-HIVER

Au moment où Pierrot va se mettre à peindre, la Fée-Hiver passe dans
la rue, flottant dans l'air glacial; elle s'arrête un instant devant la
fenêtre.

Pierrot, saisi par le froid, laisse échapper ses pinceaux et souffle dans ses doigts.

La Fée-Hiver sourit et disparaît.

SCÈNE III

PIERROT, seul.

On gèle ici ! (Il frissonne, va au poêle, en ouvre la porte.) Plus rien. (Il va ouvrir le coffre à bois.) Vide, il ne reste pas ça !... Mais, j'y pense ! Elle, ici, elle va grelotter, elle souffrira de l'onglée... Et pas d'argent. Les poches sont vides... Quel chagrin !... Que faire ?... Ah ! cette chaise ! (Il saisit la chaise, achève de la disloquer et la jette par morceaux dans le poêle.) Hélas ! cela ne fera qu'une flambée ! Et plus rien à brûler ici. (Un silence à l'orchestre. Trois heures sonnent à l'église de la paroisse.) Trois heures !... Elle va venir... (Il écoute.) Non, rien... C'est mon cœur qui bat... Si elle allait ne pas venir ! Quelle angoisse !

Il se laisse tomber sur le divan. Mais soudain il redresse la tête ses yeux s'illuminent... Il écoute...

Oui, oui, j'entends... C'est elle ! (Il court à la porte et l'ouvre.)

SCÈNE IV

PIERROT, NADEJDA

Nadejda paraît, souriante, adorablement confuse.

PIERROT

Vous, ici, n'est-ce pas un rêve !

Il lui embrasse la main et l'attire dans l'atelier. Très troublés

tous deux, ils restent un instant sans faire de mouvement ; elle.
les yeux baissés ; lui, la regardant, ravi. Puis Pierrot lui enlève
sa pelisse.

Vous êtes venue, soyez bénie !

NADEJDA

J'ai eu tort...

Pierrot lui prend la main, l'attire doucement vers le divan. Ils
s'asseyent l'un près de l'autre. Mais bientôt Pierrot se laisse
glisser, à genoux, devant elle.

PIERROT

Je vous admire ! Je vous aime !

NADEJDA

Ne me trompez-vous pas ?

PIERROT

J'en atteste le ciel ! Votre image est toujours dans
mon esprit, dans mon cœur... Même quand je dors,
vous m'apparaissez en des rêves qui me transportent.

Il lui baise la main, lui entoure la taille et se glisse contre
elle.

NADEJDA, se défendant un peu.

Soyez sage... Sinon je pars.

PIERROT

Oui, oui, je serai sage...

Mais malgré lui, Pierrot l'étreint de nouveau, et d'une pression
très douce, il l'attire lentement, la rapprochant de plus en plus
de ses lèvres... — Nadejda défaillante, renverse la tête, ses

yeux se ferment. — Tout à coup des éclats de rire moqueurs
retentissent. Ce sont les petites ouvrières d'en face qui se
pressent à la fenêtre, montrant leurs mines effrontées... Nadejda pousse un cri, s'échappe des bras de Pierrot et se réfugie,
tremblante, premier plan à droite.

NADEJDA

Là... des yeux nous regardent !

PIERROT, stupéfait.

Oh ! j'avais oublié !

NADEJDA

Des ouvrières... cinq... dix... Quelle honte !

PIERROT

Ah ! les maudites !

NADEJDA, examinant le vitrage.

Vous n'avez donc pas de rideaux ?

PIERROT

Hélas ! non.

NADEJDA, malicieusement.

Tant mieux !... Au moins, vous ne m'embrasserez
pas !

PIERROT

Fatalité ! Elle, ici, près de moi, dans mes bras...
une joie inespérée !... Dispersée, anéantie, par ces
gamines malfaisantes... Je suis furieux !

NADEJDA

Allons, calmez-vous!

PIERROT

De rage, de douleur... c'est à se briser la tête!

Il reste immobile, la tête dans les mains. Nadejda l'observe en souriant.

SCÈNE V

LES MÊMES, LA FÉE-HIVER

La fée reparaît; comme la première fois, elle s'arrête devant l'atelier et fait un geste. Elle sourit en voyant les jeunes gens atteints d'un premier frisson et disparaît.

SCÈNE VI

PIERROT, NADEJDA

La princesse frissonne, se recroqueville et souffle dans ses petits doigts; puis, n'y tenant plus, elle s'emmitoufle dans sa pelisse. Sous les atteintes du froid, Pierrot relève sa tête avec inquiétude, et voit Nadejda remettant sa pelisse.

PIERROT

Mon Dieu! Il ne manquait plus que cela! Elle va grelotter! (*Il va ouvrir la porte du poêle.*) Plus rien, tout a flambé! Et ici, plus rien, plus rien! Oh! que je suis malheureux!

NADEJDA

Qu'avez-vous?

PIERROT

Pardonnez-moi. Des rideaux, je n'en ai pas... Du bois pour le poêle, je n'en ai pas... Le thermomètre descend, descend; ici, on va geler. Partez, partez.

NADEJDA, caressante et enjouée.

Non pas, ici je me trouve bien. (Se rapprochant de Pierrot.) Allons, ne faites pas si sombre mine... Souriez... Vous ne m'aimez donc pas?

PIERROT

Oh! si! mais le froid!

NADEJDA

Que m'importe. Venez. Montrez-moi votre peinture. (Elle entraine Pierrot et s'arrête devant le tableau de la Fée-Hiver.) Tiens, c'est une fée!

PIERROT

Oui.

NADEJDA, devant des tableaux plus petits.

Encore une fée... et encore... Vous y croyez donc?

PIERROT

Oui, et je les aime.

NADEJDA, éclatant de rire.

C'est bon pour les petits enfants... pas pour vous.

PIERROT

Si, j'y crois... Il me semble qu'elles sont autour de moi, légères, silencieuses, bienfaisantes...

NADEJDA, toujours moqueuse.

Allons donc, vous êtes fou !

Elle traverse la scène et va regarder d'autres toiles.

PIERROT, à part.

Quel dommage ! Que n'ai-je un rideau à ma fenêtre !

Il se retourne et soudain, il tressaille, bouleversé par une vision extraordinaire.

SCÈNE VII

LES MÊMES, LA FÉE-HIVER

La Fée-Hiver vient d'apparaître. Souriante, elle s'est approchée du vitrage, et de ses doigts rapides, tantôt ici, tantôt là, elle exécute une œuvre incompréhensible d'abord.

Mais bientôt, en voyant chaque vitre se couvrir par endroits de fines arabesques de verglas, qui vont s'élargissant et se multipliant à vue d'œil, Pierrot comprend, et, fou de joie, envoie des baisers à la Fée-Hiver qui brode hâtivement la mystérieuse floraison qui va devenir un épais rideau.

Nadejda découvre son portrait sur le chevalet.

NADEJDA, joyeuse.

C'est mon portrait !

PIERROT, masquant la fenêtre.

Oui, c'est vous... J'ai essayé de mémoire.

NADEJDA

Il est très bien... C'est bien ma bouche, mon nez, mes yeux, mes cheveux... Est-il pour moi?

PIERROT, toujours guettant du coin de l'œil l'achèvement du rideau.

Oui, certes, pour vous!

NADEJDA

Oh! que je suis contente!

Elle lui tend ses petites mains. Pierrot y dépose un baiser. Puis il veut l'enlacer. Mais Nadejda se défend.

NADEJDA, le menaçant du doigt.

Il faut être sage! (Mais Pierrot l'entoure de ses bras.) Oubliez-vous qu'on nous voit!

PIERROT, triomphant.

Non, non. On ne peut plus nous voir. J'ai un rideau! Voyez.

En effet, la Fée a fini sa tâche; les fleurs de givre ont formé un épais rideau.

NADEJDA, montrant le thermomètre.

C'est le froid!

PIERROT

C'est la Fée-Hiver qui a eu pitié de moi. Voyez quelle fantastique composition, quelle miraculeuse broderie. Admirez l'exquise délicatesse de ces plantes

6

de glace, l'étrangeté de ces volutes de cristal, la grâce de ces fleurs de givre. N'est-ce pas le plus magnifique des rideaux?

NADEJDA, devenue craintive.

Oh! je vous en prie laissez-moi partir!

PIERROT

Non pas... C'est le ciel qui permet que nous nous aimions.

Il enlace la jeune femme qui se renverse sous l'approche du baiser!!!

RIDEAU

LES DEUX SPADASSINS

LES DEUX SPADASSINS

PANTOMIME EN UN ACTE

Représentée pour la première fois au Casino de Cabourg.

Musique de M. Eugène Diaz.

PERSONNAGES

ISABELLE. . . . . Mlle LOUISE WILLY.
PIERROT. . . . . M. CHARLES AUBERT.

DÉCOR

Un petit salon Louis XV.

Au fond, au milieu, une grande fenêtre, avec balcon, donnant sur une route. Paysage fleuri.

Porte de la chambre d'Isabelle, à gauche, deuxième plan.

Une table, deux fauteuils, des fleurs sur la table; au fond, décorant les panneaux, quatre portraits: un abbé, un juge, un seigneur, un mousquetaire.

SCÈNE I

ISABELLE, seule.

Au lever du rideau, elle est au balcon, regarde à gauche et à droite.

Que ce pays est triste!... Sur la route, des passants... pas un... jamais!... Moi, ici, toujours seule...

Je m'ennuie à mourir !... (Elle se pique une fleur rouge dans les cheveux et se regarde dans un miroir.) Je suis jolie, pour-

tant... Et je ne suis pas encore mariée... J'enrage de ne pouvoir faire la coquette avec personne... (Elle regarde autour d'elle.) Il n'y a que ces portraits... (Elle va devant les portraits et leur fait de belles révérences.) Voulez-vous m'épouser, messieurs? Voyez, je suis gentille et bien faite... Ils ne bronchent pas!... Le juge... Attendu que... Considérant que... Avec sa mine grave, il me déplaît. Le petit abbé est mignon... mais embrassant par-ci... embrassant par-là... il me paraît trop volage... Le marquis me plaîrait assez avec son air grave... son grand air!... Le guerrier aussi me séduit par sa prestance martiale et son regard farouche... Allons, messieurs, descendez de vos cadres, venez près de moi. Je suis prête à écouter vos belles paroles, vos aveux brûlants.. Rien... rien... personne!... Dieu! que je m'ennuie!

> Elle se laisse tomber dans un fauteuil, à gauche, s'évente, ferme les yeux et s'endort.

SCÈNE II

ISABELLE, PIERROT

> Pierrot passe sur la route. Ayant entrevu Isabelle, il revient sur ses pas, s'approche de la fenêtre, contemple Isabelle et reste saisi d'admiration.

PIERROT

Qu'elle est belle!... Je devrais m'en aller... Je ne puis... Je voudrais entrer... je n'ose... (Il envoie un baiser à Isabelle.)

> Isabelle, sentant sur le cou comme un effleurement d'aile de papillon, esquisse de la main un mouvement qui chasse.
> Pierrot envoie un second baiser.

Cette fois Isabelle tressaille comme si elle avait éprouvé sur le
cou le contact brûlant de deux lèvres.

Elle porte les doigts sur la partie atteinte par le désir de Pierrot,
et, inconsciente, elle avance les lèvres comme pour rendre le
baiser.

Cette vue porte le trouble dans l'esprit de Pierrot ; il enjambe la
balustrade, et, hésitant, regardant à droite, à gauche, il
s'avance vers Isabelle.

Il la contemple avec admiration.

Je glorifie le ciel d'avoir fait un tel chef-d'œuvre !...

Il s'agenouille, s'empare de la main d'Isabelle, et s'en caresse
doucement le menton avec des frissons.

Non satisfait de cette indélicatesse, il se redresse, et, tenté par
la position de la jeune fille, il lui prend un baiser sur le cou.

Puis il se dissimule derrière le fauteuil.

Frémissante, Isabelle ouvre les yeux et porte la main à son
cœur. Elle en écoute les battements.

ISABELLE

**Oh ! comme mon cœur bat fort ! J'ai rêvé que le
petit abbé était venu près de moi, et qu'il m'avait
embrassée sur le cou... Viens, petit abbé, viens m'embrasser encore... je ferme les yeux.**

Elle ferme les yeux et tend la main d'un geste qui invite.

Pierrot ne la laisse pas trop insister. Sur les genoux il s'approche,
prend la main et y dépose un baiser.

Pour le coup Isabelle rouvre les yeux, stupéfaite, un peu effrayée.

Enfin elle ose regarder son amoureux, et voit Pierrot.

Elle se dresse, très troublée.

Pierrot se relève et salue.

SCÈNE III

ISABELLE, PIERROT

ISABELLE

Qui êtes-vous ?

PIERROT

Pas grand'chose !

ISABELLE

Comment êtes-vous ici ?

PIERROT

Je passais... Je vous ai vu dormant... Votre beauté m'a attiré... je suis venu...

ISABELLE

Et vous m'avez embrassée ?...

PIERROT

Oui !

ISABELLE

Je suis furieuse !... Sortez !... sortez !.. (Pierrot ne bouge pas.) Sortez donc !... (Elle va ouvrir la porte.) Sortez !... Sortirez-vous ?...

PIERROT

Non !

ISABELLE

Vous ne voulez pas partir ?

PIERROT

Jamais plus !

ISABELLE

Oh ! c'est un peu fort !

PIERROT

A présent... c'est fini... Mon cœur s'est éveillé... il bat pour vous... Je veux passer ma vie à vos pieds...

ISABELLE

Oh ! pas de ça ! Allez-vous-en !

PIERROT

Non.

ISABELLE

Et je suis seule ici... Que faire ? J'ai une idée... (A Pierrot.) Dans cette chambre... il y a mon mari. Il est terrible... il a une grande épée... il vous tuera... je vais le chercher... (Elle sort à gauche.)

SCÈNE IV

PIERROT, seul.

Hein ?... son mari... me tuer... Oh ! mais non... je n'y tiens pas !... Filons !... (Il va vers la porte, se ravise, va vers la fenêtre. Il commence à enjamber la balustrade, mais sur la reprise du motif d'amour, il s'arrête.) D'ailleurs, je n'entends rien... (Il revient en scène, prend une fleur rouge sur la table, la respire, l'embrasse et la cache sur son cœur. Croyant avoir entendu du bruit il se sauve comme un lièvre. Mais il s'arrête encore, prêtant l'oreille.) C'est étonnant... je n'entends plus rien ! (Il s'enhardit, marchant sur les pointes, il va vers la porte de gauche et met l'œil à la serrure.) Je ne vois rien !... (Alors il colle son oreille contre la porte.)

SCÈNE V

ISABELLE, PIERROT

Soudain la porte s'ouvre et Isabelle, vêtue en matamore, une épée à la main, saisit Pierrot par l'oreille et le ramène en scène.

ISABELLE

Ah ! mon gaillard... je t'y prends à écouter aux porte.

Pierrot se réfugie à l'extrême droite très mal à l'aise.
Isabelle simulant la fureur fait le tour du salon en brandissant son épée et en frappant les meubles à tort et à travers..
Pierrot tremblant tressaille à chaque coup.
Isabelle revient se placer devant Pierrot, l'épée menaçante.

PIERROT

Prenez donc garde, vous pourriez me faire mal !

ISABELLE

Toi, tu es entré par la fenêtre !

PIERROT

C'est vrai.

ISABELLE

Ma femme était là, endormie...

7

PIERROT

Oui... elle est adorable.

ISABELLE

Tais-toi misérable! Toi tu l'as embrassée sur le cou.

PIERROT, à part,

Seigneur!... cela va très mal pour moi.

ISABELLE

Réponds!... Est-ce vrai?

PIERROT, hésitant.

Oui... c'est vrai!

ISABELLE, aiguisant son épée sur le sol.

Attends... je vais t'embrocher comme un poulet.

PIERROT

Mon Dieu!... dans quel guêpier me suis-je fourré!

ISABELLE

Allons, en garde!

PIERROT

En garde?... pardon... mais je n'ai pas d'épée.

ISABELLE

Pas d'épée? (Allant en décrocher une au mur.) Tiens

prends celle-ci... Et maintenant, en garde!... Tu hé-
sites?... Alors va-t'en !

PIERROT

C'est cela... je m'en vais!... (Il se dirige vers la fenêtre.)

ISABELLE, éclatant de rire.

Ah ! comme il a peur ! (Pierrot arrive à la fenêtre, hésite.
Il regarde la porte de la chambre où il croit Isabelle enfermée. Enfin il s'avance vers cette porte et envoie un baiser.) Veux-tu t'en
aller ?

PIERROT

Non !

ISABELLE

Alors, le combat ?

PIERROT

Soit ! (Résolument il ramasse l'épée et se met en garde. A peine
les épées sont-elles engagées que Pierrot et Isabelle aussi tremblants
l'un que l'autre se mettent à rompre.) Pouce !

ISABELLE

Quoi ?

PIERROT

Il faut mesurer les épées. (Il mesure les épées, en tâte la
pointe) Diable !... ça pique... c'est effrayant !

ISABELLE

Eh bien, sacrebleu ! (Elle reprend son épée.)

Au moment de se mettre en garde Pierrot s'arrête encore

PIERROT

Un instant... il faut quitter nos habits!... Allons, enlevez votre habit!

ISABELLE

Ah! non, battons-nous comme çà! (Elle se remet en garde.)

PIERROT

Allons!...

Son pied glisse, il ramasse une épingle et la pique à sa veste.

ISABELLE

Une dernière fois veux-tu t'en aller?

PIERROT

Non!

ISABELLE, montrant avec son doigt, sur la veste de Pierrot,
la place de son cœur.

C'est là que je vais te toucher.

PIERROT

Tant pis!...

Il envoie un baiser vers la porte de gauche.

ISABELLE, à part.

Il m'aime vraiment!

Enfin ils se remettent en garde et font quelques passes absolument comiques.

PIERROT

J'ai une idée !

Il prépare un fauteuil à l'extrême droite ; se remet en garde, puis
sur une attaque d'Isabelle, il pousse un cri, porte la main à
son cœur, chancelle, regarde où est le fauteuil et s'y laisse
tomber. Il gigotte un peu, ferme les yeux et fait le mort.

ISABELLE

Oh ! mon Dieu, l'ai-je tué ?... (Elle laisse tomber son
épée et s'approche doucement de Pierrot.) Serait-il mort ? (Elle
lui lève un bras, une jambe, la tête, mais le bras, la jambe, la tête
retombent lourdement.) Oh ! quel dommage ! lui qui
m'aimait... lui si joli !... lui qui aurait dû m'épouser... le voilà mort ! Où est-il donc blessé ?

Elle entr'ouvre un peu la veste, aperçoit la fleur rouge qu'elle
prend pour du sang, pousse un cri, se recule et tombe sur le
fauteuil de gauche véritablement évanouie.

Pierrot ouvre un œil, le referme, l'ouvre encore, le tournant vers
Isabelle, s'étonne de la voir évanouie, n'y comprend rien,
puis tout à coup, il se dresse.

PIERROT

Ciel !... Est-ce que je l'aurais tué ?... Oui, oui, c'est
cela !... (Il ramasse son épée et l'essuie comme si elle était ensanglantée.) Ah ! ah ! cela lui apprendra... Mais j'y pense,
on va me mettre en prison, fuyons ! (Il s'arrête.)
Pauvre jeune homme ! je ne puis pourtant pas le
laisser ainsi... sans secours... (Il sonne, frappe à la porte
de gauche, l'ouvre, appelle.) Rien ! personne !... (Il revient
à Isabelle, lui tapote dans les mains.) Où l'ai-je donc touché ? (Il défait son pourpoint, et bientôt s'arrête stupéfait,

7.

n'osant croire à ce qu'il voit.) Comment!.. que vois-je!...
il y a des... oui... c'est vrai... il y a la paire!... Mais
alors, lui... c'est elle!... Ah, je la reconnais!... c'est
elle!... Je comprends!... c'était pour me chasser!...
Au doigt elle n'a pas de bague... elle est seule!

Il lui couvre la main de baisers.

ISABELLE, revenant à elle.

Que vois-je? Lui!... vivant... à mes pieds!... Vous
n'êtes donc pas mort?

PIERROT

Non... je vis pour vous adorer!

ISABELLE

Allez-vous-en!

PIERROT

Non, non, jamais! Soyons unis!

ISABELLE

Je suis confuse... Partez!

PIERROT

Si vous ne voulez pas... je vais me tuer!...

Il ramasse l'épée et fait le simulacre de s'en frapper.

ISABELLE

Arrêtez!

Elle lui tend la main.
Pierrot l'attire dans ses bras.

RIDEAU

LE PORTRAIT

LE PORTRAIT

PANTOMIME EN UN ACTE

DE MM. Ch. AUBERT et P. ANDRY

Représentée pour la première fois au Concert Parisiana.

Musique de Dom Ferroni.

PERSONNAGES

UNE DAME. . . . . Mlles Suzanne Derval.
UN PEINTRE. . . . . B. Duperret.
PIERROT. . . . . M. Reschal.

DÉCOR

La scène représente un atelier de peintre. Au fond, un écriteau avec ces mots : *Portraits depuis 100 francs.*

SCÈNE I

LE PEINTRE, PIERROT

Au lever du rideau, le peintre debout devant son chevalet achève un tableau représentant une divinité quelconque.
Pierrot brosse un habit.
Le peintre pose sa palette et consulte sa montre.

LE PEINTRE

Sapristi, je suis en retard, on m'attend là-bas.

PIERROT, lui offrant l'habit qu'il vient de brosser.

Monsieur veut-il mettre son habit?

LE PEINTRE

Non, je resterai ainsi. Donne-moi mon chapeau. Allons, plus vite que ça.

Pierrot va chercher le chapeau, crache dessus et le lustre.

LE PEINTRE

Dépêche-toi donc, sacrebleu!

Voulant trop se hâter, Pierrot laisse tomber le chapeau, et se précipitant pour le ramasser, il lui donne un coup de pied qui l'envoie rouler plus loin.

LE PEINTRE

Imbécile! (Il ramasse le chapeau et se coiffe.)

PIERROT

Excusez-moi.

LE PEINTRE

Assez, prends ce balai, ce plumeau et nettoie partout, sinon gare à toi!

Pierrot salue très humblement, mais par malechance, ce mouvement amène le balai sur le visage du peintre qui fait un dernier geste de menace à Pierrot et sort furieux.

SCÈNE II

PIERROT, seul.

Hélas! quelle triste destinée!... Balayer, épousseter, toujours s'incliner... quelle abjection! Au

diable le balai! Au diable le plumeau. (Il le jette.) Et ce tablier. (Il l'arrache et le foule sous ses pieds avec fureur.) Ah! si j'avais un bel habit comme celui-ci... (Il endosse l'habit de son maitre.) A la bonne heure!... Ainsi, j'ai l'air de quelqu'un... d'un peintre même.

Il prend la palette et un pinceau.

Je sens là que j'ai du génie... Oui, si je voulais, je peindrais... Cette rose, par exemple.

Il place une rose sur une table, met une toile neuve sur le chevalet et copie la rose avec un art des plus primitifs.

On sonne.

On a sonné, qui peut venir?

Il va regarder à la fenêtre.

C'est une femme!

Il ouvre.

SCÈNE III

PIERROT, UNE DAME, puis LE PEINTRE

Entre une dame merveilleusement belle et mise avec la dernière élégance. Eh oui, Pierrot salue profondément. Armée d'un face à main, la dame examine l'atelier et Pierrot qui tient toujours la palette.

LA DAME

Le peintre, c'est vous?

PIERROT, interloqué.

Hein... Moi... (A part.) Oh! quelle idée! (A la dame.) Le peintre... Oui, c'est moi.

Il se redresse avec fatuité.

8

LA DAME, indiquant la pancarte.

Vous faites des portraits?

PIERROT

Certes oui, ressemblance parfaite.

LA DAME

Eh bien ! faites-moi mon portrait.

PIERROT

Comment donc ! vous êtes si jolie que je peindrai avec enthousiasme.

LA DAME, montrant la Diane.

C'est charmant.

PIERROT, se rengorgeant.

C'est moi qui ai fait cela, c'est moi.

LA DAME

Mes compliments.

Pierrot lui prend la main et l'embrasse.

LA DAME

Allons, voyons, commencez.

PIERROT

Voilà, voilà... Mais d'abord, il faut trouver une pose.

LA DAME

Laquelle ?

PIERROT

Il faut ôter votre chapeau... et votre manteau.

La dame s'exécute.

LA DAME, prenant une pose.

Comme ceci...

Pierrot l'examine de tous côtés.

PIERROT

Levez une jambe...

LA DAME

Ah! non, par exemple! Cherchons autre chose.
Comme cela.

Elle prend une pose, Pierrot secoue la tête et fait la grimace.

Qu'y a-t-il maître, parlez.

PIERROT

Cette robe fera très mauvais effet... Il faut l'ôter,
il le faut.

LA DAME, après avoir hésité.

Eh bien, soit.

Elle quitte sa robe.

PIERROT, enthousiasmé.

Quels bras! quelles épaules!

LA DAME

Allons, cherchons notre pose.

De nouveau Pierrot fait la grimace.

Quoi encore?

PIERROT

Ce jupon... ce corset, c'est vilain. Il faut m'enlever tout cela.

LA DAME

Mais il ne me restera plus rien.

PIERROT, inflexible.

Enlevez, enlevez. Il le faut...

LA DAME, se révoltant.

Ah! pour ça, non, non! jamais.

PIERROT, persuasif lui montrant un tableau.

Mais voyez donc cette déesse, est-ce qu'elle a un corset, un jupon?

LA DAME

Non, mais elle a une tunique, une draperie.

PIERROT

Qu'à cela ne tienne. Voici des étoffes. Tâchez de vous arranger avec cela. (Il lui donne un paquet d'étoffes.)

LA DAME

Soit, mais derrière le paravent.

PIERROT

Comme vous voudrez.

La dame passe derrière le paravent.

8.

Elle est superbe... mon cœur... ma tête... Ah! j'en suis fou!... Si je pouvais la voir!...

Il va regarder autour du paravent.

Non, on ne voit rien... Ah! par là-haut!...

Il monte sur une chaise, mais au moment où sa tête dépasse le paravent, la tête de la dame paraît également.

LA DAME

Ah! polisson! je vous y prends!

Tout penaud, Pierrot redescend.
La dame disparaît.

PIERROT

Pincé... Rien à faire.

Impatient, il frappe dans ses mains.
La dame revient en scène. Elle s'est composé une sorte de costume mythologique.

LA DAME

Êtes-vous content?

PIERROT

Délicieux! divin!

LA DAME

Alors, faites vite.

PIERROT

Tout de suite. (A part.) Diable! comment vais-je m'y prendre? Ah! ce compas.

Il s'empare d'un grand compas de charpentier et au grand éton-

nement de la dame qui proteste par instant, il vient lui mesurer le nez, les bras, la jambe.

LA DAME

Voyons, est-ce bientôt fini?

PIERROT

Oui, oui, je commence... Tenez seulement cette
rose... parfait... Attention... Ne bougez plus.

Armé d'un télescope, il examine son modèle.

LA DAME

Vous ne peignez donc pas?

PIERROT

Si fait.

Il prend palette et pinceaux, mais le moment critique est arrivé,
Obligé de s'exécuter, Pierrot paraît perplexe.

Diable, qu'est-ce que je vais faire?
O Dieu de la peinture, inspire-moi... Bast! au petit
bonheur.

Bravement, il saisit le pinceau, le plonge dans la couleur, et,
s'interrompant souvent pour faire quelque plaisanterie ba-
roque, il dessine sur la toile une sorte de bonne femme grotesque, telle qu'en font les enfants sur les murs et sur leurs
cahiers.

Il s'arrange de façon à ce que la rose qu'il a peinte précédem-
ment se trouve dans l'une des mains de son sujet.

Cependant, il a repris confiance en lui-même. Peu à peu, il finit
par trouver son œuvre admirable, et lorsqu'il croit avoir fini,
c'est d'un geste triomphal qu'il indique la toile au public.

PIERROT

Oui, c'est moi qui ait fait ça. C'est moi, et j'en suis fier.

LA DAME

C'est fini?

PIERROT,

Oui, voyez.

> Il lui apporte la toile.
>
> Tout d'abord, à la vue de la monstruosité qu'on lui présente, la dame reste pétrifiée de stupéfaction, mais bientôt, elle pousse un cri de colère.

LA DAME

Ça, mon portrait, à moi!

PIERROT

Oui, c'est vous, c'est frappant!

> Le peintre entre.

LA DAME

Misérable, ça c'est moi. Moi, si laide!... Pan!

> Elle abat violemment le portrait sur Pierrot dont la tête passe à travers la toile qui se crève et lui sert de collerette.
>
> Le peintre lève les bras.
>
> Pierrot le voit et s'agenouille.
>
> La dame voit le peintre et se recule.

LE PEINTRE

Ah! chenapan! je t'y prends, attends un peu!

> Pierrot remonte, quitte l'habit et met son tablier.

LE PEINTRE, prenant le tableau.

Qu'est-ce que c'est que ça?

LA DAME

C'est lui qui m'a fait mon portrait.

LE PEINTRE, riant.

Lui, c'est un domestique.

LA DAME

C'est vous le peintre?

LE PEINTRE

Oui. (Il fait le tour de la dame.) Vous êtes adorable, c'est moi qui ferai votre portrait, et très bien même.

LA DAME

Je veux bien.

LE PEINTRE, à Pierrot.

Quand à toi!... (Il lève sa canne.)
Pierrot implore.

LA DAME

Pardonnez-lui.

LE PEINTRE

Soit, mais à une condition.

Il l'embrasse.

Pierrot baisse les yeux et se détourne.

RIDEAU

ÈVE

ÈVE

SCÈNE MIMÉE

DE MM. CHARLES AUBERT ET MONTVERT

Musique de M. Germain Laurent.

DÉCOR

La scène représente l'intérieur d'une loge d'artiste.

Au fond un paravent. A gauche, une table de toilette avec glace, deux flambeaux, une boîte à maquillage.

Au deuxième plan, à gauche, un porte manteau mobile à branches.

Une opulente perruque blonde est posée sur une tête en bois comme celles dont se servent les coiffeurs.

A droite, deuxième plan, une porte.

A droite, premier plan, une console avec pendule.

Sur le paravent et bien en vue du public, une affiche où se lisent bien distinctement ces mots :

Première représentation.

ÈVE

BALLET-PANTOMIME

Mademoiselle. ***

La loge est très confortable, luxueuse même, comme il convient à une loge d'étoile.

9

Un tapis couvre le sol, deux magnifiques plantes vertes s'épa-
nouissent devant la console.

Au lever du rideau, la scène est vide.

La porte s'ouvre, l'artiste entre et se retourne aussitôt comme parlant
à l'habilleuse qui se trouve dans la coulisse.

Plaît-il?... m'habiller?... non, merci, je n'ai pas
besoin de vous, je m'habillerai seule, allez.

Elle referme la porte et quitte son chapeau et son manteau.

Puis s'adressant au public :

C'est vrai... je suis nerveuse, agitée...

Montrant l'affiche.

Ce soir; c'est la première [représentation... je joue
le premier rôle, voyez mon nom, Mlle *** en grandes
lettres, et mon petit cœur fait tic tac... vraiment,
j'ai le trac.

Très énervée, elle commence à se déshabiller.

Après avoir enlevé sa jupe et son corsage, elle va s'installer devant la table de toilette et commence à se maquiller.

(On frappe.)

Elle se lève avec impatience, enfile vivement un peignoir et va
ouvrir.

Quoi, qui a-t-il?

De la coulisse on lui tend un magnifique bouquet et une lettre.

Un bouquet, une lettre, c'est bon... je n'y suis pour
personne. (Revenant en scène.) Il est joli ce bouquet.
(Elle le pose sur la console, puis considérant la lettre.) Qui
donc m'écrit?

Elle lit :

« Cher ange, je vous en prie, acceptez donc de

dîner avec moi, nous mangerons des écrevisses en cabinet particulier. »

(Riant.) Ah! ah! ah! c'est de ce cher Fleur de Gomme. Tenez, voilà son portrait.

Imitation grotesque d'un jeune gommeux.

Non, mon petit monsieur, non, je n'irai pas souper avec vous.

Elle froisse la lettre et la jette.

Le premier coup de cloche de l'avertisseur se fait entendre.

Premier coup, vite, vite, dépêchons.

Elle retourne devant la toilette et se maquille tout en repassant son rôle qu'elle a posé devant elle.

(On frappe.)

Comment encore?

Elle va ouvrir et parlant à une personne qui est dans la coulisse :

Non, non, vous n'entrerez pas, allez-vous-en. Vous êtes fou de vous agenouiller ainsi devant moi... tenez, voici ma main à baiser; mais c'est tout, allez... hein? qu'est-ce que c'est que ça? Cet écrin, pour moi?... vous êtes charmant, c'est entendu; mais allez, allez, allez.

Elle referme la porte, vient sur le devant de la scène et ouvre l'écrin, elle en retire un petit billet et une bague enrichie d'un magnifique brillant.

Oh! la jolie bague! mazette, il fait bien les choses!

Elle passe la bague à son doigt, pose l'écrin sur la console et dépliant le billet :

Voyons ce qu'il m'écrit!

Lisant :

« Mademoiselle, écoutez-moi donc,
D'amour pour vous je me sens mourir,
Mademoiselle, écoutez-moi donc,
Je vous en supplie, ne me faites pas languir! »

Éclatant de rire :

Ah! ah! ah! ah! la vieille bête, tenez je vais vous faire son portrait.

Elle remonte et prend l'attitude d'un très vieux diplomate.

Son dos se voûte, ses épaules se ratatinent, ses jambes se font raides et chancelantes, sa tête devient branlante et sa bouche se tord dans un rictus qui donne l'idée d'une mâchoire sans dents.

Tendant des bras affaiblis et tremblants, elle se met à la poursuite d'une beauté imaginaire et mime :

« Mademoiselle, écoutez-moi donc,
Je suis amoureux et surtout fort riche,
Mademoiselle, écoutez-moi donc,
Sinon je me tue, ah! ne dites pas : Chiche! »

Riant de plus belle :

Eh bien, mon vieux ramolli, tu peux te fouiller!

Elle fait, en se passant le bout des doigts sous le menton, un geste de gamin, bien connu.

Elle retourne à la toilette et achève vivement de se maquiller. Après quoi elle quitte son peignoir et arrange sa chevelure avec un ruban, de manière à pouvoir mettre aisément sa perruque.

Oh! là là! ce que j'ai l'air d'un gavroche, comme cela!

Elle esquisse un cavalier seul assez original, mais qui serait plus

goûté à Montmartre qu'au faubourg Saint-Germain, puis elle
met sa perruque.

(On frappe.)

Ah! encore!

Elle va ouvrir. L'habilleuse lui remet un tout petit bouquet de
violettes.

9.

C'est bien.

> Elle referme la porte et la mine grave, cette fois, elle revient
> au public, considérant avec tendresse le petit bouquet et la
> lettre.

Je sais.

> Elle ouvre la lettre et lit :

« Je vous aime. » (Au public.) C'est tout. Oh! celui-
là, je le crois.

> Elle retire sa bague et, la gardant dans sa main gauche, pendant
> qu'elle tient le bouquet de violettes dans la main droite, elle
> fait mine de peser les deux objets. Le petit bouquet l'emporte
> de beaucoup.

Son bouquet est bien petit, mais il me cause plus
de joie que les gros bouquets et que les bijoux.

> Elle embrasse le bouquet et le glisse avec la lettre dans son
> corsage.

M'aime-t-il vraiment? ah! je vais bien le voir.

> Elle va prendre dans le gros bouquet qui est sur la console, une
> marguerite qu'elle effeuille avec une grande conviction. Or,
> il se trouve que le dernier pétale dit ce mot : passionnément.

Oh! que je suis heureuse.

> Elle envoie un baiser à travers l'espace.
> Puis, ayant jeté les yeux sur la pendule.

Oh! oh! je vais me mettre en retard.

> Elle commence à dénouer les cordons de sa chemise, puis les
> cordons de son jupon de dessous, mais au moment de le lais-
> ser glisser, elle jette un coup d'œil au public, sourit, baisse
> les yeux et se sauve derrière le paravent.

En moins d'une minute, on lui voit lancer par-dessus le paravent
son jupon, son pantalon, et, presque aussitôt, elle reparait dans
son costume d'Ève, c'est-à-dire simplement vêtue de feuillage
et de fleurs. Timide, souriante pourtant, honteuse et ravie à
la fois de se montrer dans tout l'éclat de sa radieuse beauté.
Avec une modestie charmante, elle adresse au public un regard
qui lui demande :

Suis-je bien ainsi ?

> En ce moment, le deuxième coup de cloche de l'avertisseur re-
> tentit.

Deuxième coup ! le trac me reprend... Bast ! j'ai
encore cinq minutes, j'ai le temps de repasser mon
rôle.

> Elle prend sur la console son rôle déplié, y jette un regard et dit :

D'abord, la mise en scène.

> Saisissant le porte manteau, elle l'apporte au milieu de la scène
> et accroche une pomme à l'une des branches.

Voilà le pommier... mais le serpent ?... ah, voilà
mon affaire !

> (Elle va prendre son boa, l'accroche à une autre branche du
> porte-manteau, et contemple son œuvre.

C'est bien cela : la pomme et le serpent.

> Montrant les plantes qui sont près de la console :

Et voici les roseaux.

> Elle jette un nouveau coup d'œil sur son rôle.

Moi, j'entre par la gauche.

> A partir de ce moment, elle mime son rôle d'Ève.
> Avec une expression candide, inconsciente, un peu sauvage

même, elle s'avance au milieu du paradis terrestre avec la parfaite sérénité de la beauté qui s'ignore et de la pureté non attaquée encore.

Elle contemple autour d'elle la végétation primitive, les plantes qui la caressent, les fleurs qui l'embaument, les animaux qui lui sont soumis.

Très calme, elle est heureuse de vivre.

Mais soudain, voici que parvient à son oreille un murmure extraordinaire, une voix inconnue qui lui tient un discours charmeur, étrange.

Elle se retourne, voit le serpent et fait deux pas comme pour fuir. Mais la voix la rappelle, elle écoute, la voix la flatte et elle comprend.

Ses yeux brillent d'un plus vif éclat, son sein se soulève, on dirait qu'elle s'éveille et qu'une vie nouvelle court dans tout son être.

Que dit donc cette voix?

— Ève, tu ignores ceci : parmi toutes les choses créées, tu es la plus belle.

— Moi, je suis belle?

— Oui, ton visage et ton corps sont le chef-d'œuvre de Dieu. Si tu veux t'en assurer, fais deux pas, écarte ces plantes que voici, penche toi sur la source qui coule à tes pieds et tu pourras contempler ta beauté.

Elle hésite un peu, s'avance vers les roseaux qu'elle écarte avec précaution et se penche sur le ruisseau qui reflète son image.

— Oh! c'est vrai, je suis belle, que je suis heureuse!

Déjà coquette, elle arrange avec plus d'art les tresses de sa chevelure et se regarde encore.

Oui, oui, je suis belle!

Elle revient au milieu de la scène, fière, ravie, avec dans sa dé-

marche et sur sa physionomie, une sorte de satisfaction or-
gueilleuse.

Elle examine son vêtement de feuillage et trouve moyen de le
rendre encore plus seyant.

Enfin elle cueille quelques fleurs dont elle agrémente sa chevelure et son corsage.

Mais voici que le Démon parle encore ; elle écoute.

— De par ta beauté, tu es la reine du monde, tu
domineras et tu courberas sous ton joug toutes les
autres créatures.

Ève se redresse superbe, frissonnante de joie.

— Oui, oui, je les dominerai !

La voix du serpent se fait plus langoureuse.

— Tu régneras sur tous, parce que tu es la femme,
parce que tu es la source de tous les plaisirs, de
toutes les caresses et de toutes les voluptés... Viens,
donne-moi tes lèvres que je t'apprenne le baiser.

Palpitante, la première femme séduite se rapproche de l'arbre,
tente vainement de résister, puis lentement se renverse, caresse la tête du serpent et lui donne un baiser.

Elle tressaille, et, honteuse, se cache le visage dans ses mains.

Le serpent parle encore.

La terre est ton royaume, tout t'appartient, même
cette jolie pomme qui pend au-dessus de toi.

— Cette pomme, oh non. Le créateur a défendu d'y
toucher.

— Elle t'appartient, te dis-je... Tu n'as qu'à tendre
la main pour t'en emparer... Pourquoi hésiter à

satisfaire l'ardente convoitise qui brille dans tes
yeux?... Prends.

> A plusieurs reprises, Ève tend la main vers le fruit défendu, et
> la retire, regardant autour d'elle avec effroi.
>
> Pourtant, elle se révolte, n'est-elle pas la maîtresse ?
>
> Elle jette au ciel un regard de défi, cueille la pomme et la porte
> à ses lèvres gloutonnement tout en se cachant le visage par
> un geste instinctif de pudeur.
>
> En ce moment retentit le troisième coup de cloche de l'aver-
> tisseur.

Troisième coup !... c'est à moi... courons en scène...

> Elle s'élance vers la porte, mais au moment de disparaître, elle
> revient en scène, sourit au public et lui envoie un baiser.

RIDEAU

LE CIGARE

10

LE CIGARE

Musique de M. Émile Bonnamy.

PERSONNAGES

UNE NOURRICE.
UN COLLÉGIEN.
UN CAPORAL.

DÉCOR

Le décor représente un jardin public.
A droite, un banc.

SCÈNE I

UNE NOURRICE

Elle arrive du côté droit, tenant un bébé dans ses bras.

Arrivée au milieu de la scène, elle regarde de tous côtés, comme si elle avait espéré rencontrer quelqu'un.

Ne voyant personne, elle vient s'asseoir sur le banc, elle tire une petite glace de poche et s'examine avec complaisance. Elle se fait une petite frisette sur le front, puis, se trouvant trop rouge, elle se barbouille le visage avec la véritable poudre de Java. Elle pousse même la coquetterie jusqu'à dégrafer son corsage et à se poudrer la gorge.

Entendant un bruit de pas, elle dissimule précipitamment son petit attirail de séduction.

SCÈNE II

LA NOURRICE, LE COLLÉGIEN

Le collégien arrive du côté gauche, cherchant quelqu'un.

A la vue de la nourrice, il pousse un cri de joie, s'arrête et met la main sur son cœur pour en comprimer les battements.

La nourrice lui coule en dessous un regard encourageant.

Alors, une fleur dans la main gauche, le collégien s'avance d'un pas hésitant ; il s'arrête devant la nourrice, ôte son képi, salue et offre sa fleur.

La nourrice prend la fleur, sourit, remercie, puis interdite, reporte niaisement son regard sur la fleur dont elle paraît ne savoir que faire.

Cependant le collégien s'enhardit, il saisit la tête de la nourrice et lui applique sur chaque joue un baiser retentissant.

Cette action a complètement interloqué la nourrice qui roule des yeux effarés.

Le collégien lui-même, étonné de son audace, recule de deux pas, baissant les yeux, et faisant tourner son képi dans ses doigts.

A plusieurs reprises, comme s'ils étaient attirés d'une manière magnétique, leurs regards se rencontrent et se détournent en même temps.

Ne pouvant se contenir davantage, le collégien se rapproche encore de la nourrice et s'assied près d'elle.

Mais celle-ci se lève très digne, et d'un œil altier contemple son amoureux intimidé.

Mais la sévérité de la nourrice tombe, la passion gronde et éclate dans son vaste sein, soudain de son bras droit resté libre, elle saisit le collégien par la tête et l'embrasse avec frénésie.

Puis elle se rassied.

Étourdi par une si rude étreinte, le collégien se lève, ramasse son

képi, répare un peu le désordre de sa tenue et tâche de reprendre
ses sens.

En ce moment le bébé, mécontent de toute cette agitation, témoigne
sa mauvaise humeur par des cris et des pleurs.

Il pousse le ressentiment jusqu'à inonder ses langes.

La nourrice se voit dans l'obligation de changer les dessous du mar-
mot, ce qu'elle fait du reste avec autant de sollicitude que de
dextérité.

Le collégien assiste à cette opération avec un visage attendri.

Enfin, pour achever de rentrer dans les bonnes grâces du moutard, la
nourrice se dégrafe pudiquement et lui offre le sein !

Et quel sein !

Que ne tète-t-on toujours !

(Ceci est une réflexion du collégien, dont les yeux fixés sur l'opulent
biberon naturel, s'agrandissent démesurément.)

Ce que voyant la nourrice étale sur ses avantages un mouchoir qui,
d'ailleurs, glisse aussitôt.

— Tournez-vous, ordonne-t-elle, je vous défends de
regarder.

> Le collégien obéit, mais c'est bien dur. Si dur que malgré lui,
> son œil glisse, glisse, tourne et revient à l'objet de son admi-
> ration.
>
> Lasse de lutter contre cet œil obstiné qui revient toujours au
> même point, la bonne nourrice laisse son amoureux se régaler
> tout à son aise, contente de faire deux heureux à la fois.
>
> Cette scène admirable de grandeur, dans sa simplicité, n'est
> troublée que par la voracité du gosse qui se permet de mordre
> là où on ne lui sert qu'à boire.
>
> Rien ne paraît devoir altérer le bonheur de ce petit monde, lors-
> qu'un nouveau personnage paraît, apportant avec lui, hélas, un
> élément perturbateur capable de nous jeter dans les compli-
> cations les plus horribles d'un drame passionnel.

10.

SCÈNE III

Les Mêmes, LE CAPORAL

Un caporal vient à passer à cet endroit.

C'est un grand, gros bel homme, un de ces militaires superbes, toujours bien astiqués qui sont la gloire de l'armée et les bourreaux des cœurs.

Il traverse la scène sans penser à rien, il va même s'éloigner à tout jamais, lorsqu'il aperçoit le collégien.

Constatant que le collégien regarde quelque chose, il s'approche tranquillement et regarde aussi.

Charmé par le groupe touchant qui s'offre à sa vue, et surtout par l'appétissante peau de la nourrice, il ne paraît pas avoir le regret de s'être arrêté.

Il se livre même avec intérêt à des calculs approximatifs sur la capacité du globe qu'embrasse l'enfant.

De son côté, la nourrice n'a pu voir ce charmant militaire sans être impressionnée.

Ses yeux disent son admiration.

LE CAPORAL

Que je vous fais subséquemment mes compliments les plus réglementaires. (Dit le caporal en se frisant la moustache.)

LA NOURRICE

Je suis contente de vous plaire. (Répond le brillant sourire de la nourrice.)

LE CAPORAL

Même que je vous envoie un baiser avec la galanterie dont auquel je suis susceptible.

LA NOURRICE

J'y réponds incontinent. (Mime la nourrice du bout des doigts.)

> Le collégien n'a pas fait un mouvement.
> Telle est son extase qu'il n'a pas entendu venir le caporal et qu'il n'a pas surpris le manège galant auquel il s'est livré.
> Il n'y a que lorsque la nourrice envoie un baiser qu'il tressaille.
> D'abord il pense que c'est à lui que le baiser s'adresse ; pourtant en suivant la direction du regard de sa bien-aimée, il se retourne lentement et se trouve nez à nez avec le caporal.
> Alors, il commence à soupçonner qu'on se moque de lui, il se fâche.

LE COLLÉGIEN

Qu'est-ce que vous fichez-là, vous ?

> Le caporal sourit et continue à regarder la nourrice.

LE COLLÉGIEN

Je vous défends de regarder mademoiselle... Allons, filez... filez... vous ne voulez pas ? non... sacrebleu !

> Le collégien saisit le caporal, le tire, le pousse, mais en vain, il ne parvient pas à le remuer.
> A ce moment, la nourrice intervient.

LA NOURRICE

Allons, calmez-vous... ce militaire ne vous a rien fait.

LE COLLÉGIEN

Il vous regarde... (Au militaire.) Je ne veux pas que vous la regardiez.

LE CAPORAL

Pourquoi donc?

LE COLLÉGIEN

Parce que je l'aime?

LE CAPORAL, riant.

Ça, un amoureux!... ah ah ah!... un moutard!
Que vous n'avez même pas de moustaches.

LA NOURRICE

Ça c'est vrai... que vous n'avez pas de moustaches.

LE COLLÉGIEN, furieux.

Si, j'en ai des moustaches... Voyez... voyez...

Il tente vainement de se tirer quelques poils follets au coin de la
lèvre.

Le caporal et la nourrice se moquent de lui.

LE COLLÉGIEN, se mettant en garde de boxe.

Ah, mais vous savez, je vais vous taper dans le
nez.

LE CAPORAL, très conciliant.

C'est bon, c'est bon... que vous êtes un copain...
soyons amis.. tenez, voulez-vous fumer un cigare?

LE COLLÉGIEN, très froid.

Non merci, je ne veux pas de votre cigare.

LA NOURRICE

La fumée lui ferait peut-être mal au cœur, à ce petit.

LE COLLÉGIEN, vexé.

Mal au cœur... à moi... oh là là... donnez votre cigare, vous allez voir.

LE CAPORAL, à part.

Je le tiens !

Il coupe le bout de son cigare entre ses dents et l'allume.
Le collégien qui étudie comment le militaire s'y prend l'imite en tout.

LE COLLÉGIEN

Vous voyez que je sais fumer !

LA NOURRICE

C'est vrai qu'il fume bien.

LE CAPORAL

Vous fumez très bien.

LE COLLÉGIEN, montrant son cigare.

Il est bon !... il est bon...

Il fume, mais la fumée lui entre dans l'œil (il fait une horrible grimace).

C'est bon... c'est bon...

LA NOURRICE

Regardez donc le militaire, il fait passer la fumée par son nez... vous n'en feriez pas autant, vous.

LE COLLÉGIEN

Vous allez voir.

Il essaye de faire passer la fumée par son nez, mais aussitôt, il se met à tousser et à éternuer.

C'est égal... c'est bon... c'est bon...

Cependant, peu à peu le goût du tabac lui paraît plus amer, c'est avec une certaine appréhension qu'il approche le cigare de ses lèvres. Il prononce les « c'est bon », avec moins de conviction... il commence à cracher à tout instant... une sueur froide lui mouille les tempes... il tire son mouchoir et s'essuie... une pâleur livide s'étend sur son visage... une angoisse le saisit... quand il veut sourire, il ne parvient qu'à faire une grimace amère... ses yeux se troublent... il respire avec peine, cherchant de l'air pur... enfin la nausée monte, monte... accompagnée d'une grande faiblesse générale et de vertige.

A un certain moment, cédant à l'étourdissement, il va piquer une tête dans le trou du souffleur..

Le caporal l'empoigne, le retient et l'assied sur le banc.

LA NOURRICE

Vous êtes malade?

LE COLLÉGIEN

Moi... non... au contraire... le cigare... il est... il est bon...

Avec héroïsme, il le remet entre ses lèvres... mais c'est au-dessus de ses forces... l'objet de son supplice ne lui est plus supportable.. il le jette avec horreur... éperdu, pris d'un haut le cœur, il se cache la figure dans les mains et s'affale sur le banc.

LE CAPORAL

Que je crois qu'il a son compte.

LA NOURRICE

Oh oui... il est malade.

LE CAPORAL

Il est trop petit... Il n'a pas de moustaches comme les miennes... hein ?

LA NOURRICE

Oh oui, vous avez de belles moustaches !...

Sous le regard fascinateur du séduisant caporal, l'inflammable nourrice frissonne et détourne la tête.

S'enhardissant, le militaire se rapproche d'elle et délicatement lui pince la taille.

LA NOURRICE

Finissez donc vous me chatouillez.

LE CAPORAL, lui poussant le coude.

Dites donc, qu'il fait un temps superbe, que vous seriez supérieurement gentille, si c'était un effet de votre bonté de venir vous égarer subrepticement avec moi dedans les sentiers discrets et voluptueux qu'on aperçoit là-bas à gauche.

LA NOURRICE

Oh non, je n'ose pas... et le petit qu'est là sur le banc.

LE CAPORAL

Oh, lui, il a son compte.

La prenant par la taille et l'entraînant.

Venez donc, que je vous dis.

Honteuse, détournant la tête, la nourrice incapable de résister aux arguments de son séducteur, se laisse . . . . . entraîner.

Au moment où il vont disparaître dans la coulisse de gauche, la nourrice tourne lentement son visage vers le caporal qui lui applique un long baiser sur l'œil gauche.

A ce bruit le collégien relève la tête.

A présent, il est livide

D'un œil hagard, il cherche la nourrice et le caporal.

Il les voit disparaître s'embrassant, étroitement enlacés.

Se cramponnant au banc, il se dresse terrible.

Malédiction !

Il fait un geste de menace et va pour s'élancer, mais en proie au mal de mer, il tombe accablé sur le banc.

La souffrance éteint en lui la jalousie et tout désir de vengeance.

Oh ! (Dit-il avec véhémence.) le cigare, les femmes, ça me dégoûte, n'en faut plus !

RIDEAU

TÈTU

ARGUMENT

Le 13 août 1870, quatre-vingt mille Prussiens
franchirent la frontière,
devant le petit village de W...

TÊTU

SCÈNE MIMÉE

PERSONNAGE

UN PAYSAN.

DÉCOR

Le décor représente un paysage d'Alsace sur la frontière allemande.

A gauche, au lointain, sur la toile de fond, un poteau rayé blanc et noir.

Premier plan à gauche, un massif d'arbres.

Premier plan à droite, une chaumière de paysans.

De la vigne sauvage décore la façade encadrant gracieusement la porte et la fenêtre ; une petite niche taillée dans le coin de la maison abrite une vierge.

Au milieu de la scène, une brouette.

11.

LE PAYSAN

Il est très pauvrement vêtu : une blouse, un pantalon de toile ; sur la tête, un vieux chapeau de paille ; aux pieds, des sabots.

Ses gestes sont lourds, sa physionomie est morne comme celle des gens qui supportent de grandes fatigues physiques.

Au lever du rideau, il jette des paquets à sa femme qui est dans la coulisse, montée sur une voiture.

Il ne reste plus qu'un berceau, avant de s'en séparer, il le contemple avec émotion, puis se décide à le passer dans la coulisse.

Puis, comme répondant à une interrogation :

— Oui, c'est tout, je crois... attends, je vais voir.

Il pénètre dans la maison et en rapporte un bonnet de femme orné du nœud alsacien.

— J'oubliais ce bonnet.

Il l'enveloppe dans un journal et le lance dans la coulisse.

— A présent, c'est tout, tu peux partir.

(Après avoir jeté un regard du côté de la frontière) :

— Va, hâte-toi... hein ?... Moi ?... Oh ! ne t'inquiète pas, je filerai par le bois, allons, va.

On entend le claquement d'un fouet et un bruit de grelots qui va diminuant.

Gauchement, il envoie un baiser à sa femme, à son enfant, à tout ce qu'il aime, puis il reste immobile longtemps.

La voiture a disparu.

Il jette un coup d'œil dans la maison, elle est vide. Il regarde autour de lui, la solitude est absolue.

— Il faut partir !

Son cœur se gonfle, sa gorge se serre, son visage se contracte, et, toujours immobile, il pleure.

Enfin, il relève la tête et s'essuie les yeux.

— Allons !

Il ne lui reste plus à emporter que ses instruments de travail :
pelles, pioches, fourches, etc... plus un vieux fusil et un drapeau empaqueté dans du papier; il entasse le tout dans la
brouette.

Ceci fait, et après un dernier regard à sa propriété, il saisit les
bras de la brouette.

En ce moment une sonnerie de clairons et des grondements de
tambour se font entendre, très faiblement encore, venant de
gauche.

Le paysan s'arrête, tend l'oreille; une expression farouche se
répand sur son visage et sa poitrine se soulève avec force.

Il grimpe sur un monticule qui est au fond de la scène et inter-
roge la campagne.

— Là-bas, cette masse noire... oui, oui, les voilà !

Brusquement il se tourne vers la route qui mène en France.

— Et de ce côté ? Rien, rien, personne !

Il laisse retomber ses bras avec accablement et revient vers la
brouette.

— Il faut partir !

Il crache dans ses mains et empoigne la brouette. Mais il s'arrête
encore. Son œil se fixe avec tendresse sur sa maison. Comme
malgré lui, il revient vers la porte, il s'assure qu'elle est bien
fermée et qu'elle est solide; puis il assujettit plus fortement
encore la poutre qu'il a mise en travers.

S'apercevant qu'un rameau de la vigne vierge pend à l'abandon,
il le relève avec sollicitude et l'attache de manière à le faire
tourner autour de la porte.

Tout est fait de ce qui est possible, il n'y a plus qu'à partir.

Cependant le bruit des clairons, des tambours et des fanfares devient de plus en plus distinct; il s'y joint un bruit sourd, un

bruit plus alarmant, plus significatif, c'est le pas d'une armée
de quatre-vingt mille hommes qui s'avance hâtivement.

Le paysan bondit sur le monticule.

Ses paupières se dilatent devant l'épouvantable vision.

— Oh ! mon Dieu !... Ici... là... là... là encore... et
là-bas aussi... ils arrivent de partout... C'est ici qu'ils
veulent passer... Nos soldats, à nous, ne viendront
donc pas ?... Non... non... personne...

Les sonneries se rapprochent.

— Les voilà... les voilà... oh !

Cédant à son angoisse, il s'élance, recule jusqu'à sa maison et
étend les bras comme pour la protéger.

— Cette maison est à moi... ce champ est à moi...

Incapable de raisonner, en proie à une surexcitation doulou-
reuse, il va et vient en tous sens, comme une bête fauve
traquée.

A un certain moment, il se baisse, ramasse une poignée de terre
qu'il examine et palpe.

— Bonne terre... bonne terre... (Avec un éclat de fureur.)
Cette terre est à moi, à moi, à moi !... et ceux-là
vont venir la piétiner... Oh non... oh non... Les
nôtres vont venir pour les repousser...

Tendant ses mains suppliantes du côté de la France :

— A moi... à moi.... venez !

Hélas de ce côté rien ne paraît encore.

Par hasard, ayant jeté les yeux sur la vierge, le paysan se découvre, s'agenouille, fait le signe de la croix et prie éperdument... il se signe encore et se relève.

Le secours ne se montre nulle part. Il adresse au ciel un regard
où il y a de la rancune.

Il jette encore un coup d'œil vers la frontière allemande où la
rumeur augmente, formidable maintenant. Il secoue la tête.

— Rien à faire... allons !

Il saisit la brouette et s'élance résolument sur le chemin.

Au moment où il va disparaître, la musique ennemie entame un
air patriotique, triomphant déjà.

Le paysan s'arrête brusquement comme s'il avait reçu un choc
électrique. Son dos voûté se redresse, son œil enflammé se fixe
sur les masses qui s'avancent, une colère folle l'envahit et fait
trembler ses membres.

Il revient au milieu de la scène et rugit.

— Sacré vingt-cinq mille bon Dieu, de nom de
Dieu!!!... eux, venir ici... Non, non, je ne veux
pas... vous ne passerez pas...

Il crache avec fureur.

— Hein, personne pour s'y opposer? eh bien... il
y aura moi !

A partir de ce moment, il devient très calme. Chacun de ses
mouvements est sûr et efficace.

Il se tourne vers le chemin par où sont partis sa femme et son
enfant.

— Adieu, vous autres !

Il prend son fusil, un de ces vieux fusils qui se chargent labo-
rieusement par le canon, il l'apprête et le pose près de lui.

Puis il déploie un paquet où se trouvent un drapeau, quelques
lanternes vénitiennes et un écusson avec ces mots : *Fête du
15 août.*

Le drapeau, il l'attache au bout d'une longue perche.

Cette perche, il la plante au milieu de la route.

L'écusson, il le ramasse et le fixe sur le drapeau, seulement, il le
fixe à l'envers en sorte qu'il peut écrire sur le carton blanc.

Avec un morceau de charbon, il y trace tant bien que mal ce
mot :

FRANCE

Ceci fait, il jette un dernier regard sur sa maison, sur le sol de
ses pères, puis, très simplement, il se place devant le drapeau,
faisant face à l'ennemi, attendant le combat, seul contre
quatre-vingt mille.

La musique se rapproche de plus en plus.

Le paysan ne fait plus un mouvement, il attend.

Soudain, les clairons éclatent, les tambours résonnent clair.

L'ennemi vient de déboucher au tournant de la route, là, à cinquante mètres.

Alors, le paysan, terrible, lève le bras.

Halte ! (Ordonne-t-il.)

L'ennemi poursuit sa marche.

Le paysan debout, épaule, vise et fait feu.

Aussitôt, clairons et tambours font silence. Les Allemands se
sont arrêtés, examinant l'obstacle.

Puis on entend le cliquetis des fusils qu'on arme.

Le paysan recharge son vieux fusil.

Il tire,

Une formidable décharge répond à son coup isolé.

Une pluie de plâtre tombe de la maison criblée.

Le paysan chancelle, le crâne labouré et sanglant.

Mais ce n'est rien, il recharge son fusil.

Au moment où il épaule, une deuxième décharge le fait rouler à
terre.

Il relève la tête, cherchant à comprendre. Il a la jambe gauche
brisée.

Il se relève sur sa jambe droite, et traînant sa jambe broyée

après lui, il va jusqu'à la perche, s'y cramponne, s'y adosse, et, debout encore, il tire.

A la troisième décharge, il tombe en avant comme une masse. Cette fois c'est fini.

Néanmoins, dans son agonie, le têtu se traine jusqu'à son drapeau, il s'y adosse, écarte les bras comme quelqu'un qui s'oppose à ce qu'on passe, et il meurt, le regard singulièrement fixé sur ceux qui viennent.

RIDEAU

LA STATUE AMOUREUSE

LA STATUE AMOUREUSE

PANTOMIME EN UN ACTE

De MM. Charles AUBERT et DORA

Musique de M. Michel.

PERSONNAGES

LE SCULPTEUR.
LA MAITRESSE.
LA STATUE représentant l'Art.
LE MARCHAND DE CURIOSITÉS.

DÉCOR

La scène représente l'atelier du sculpteur.
Porte au fond.
Premier plan à gauche, sur un socle bas et mobile, la statue de
l'Art. Le socle est muni d'une légère armature qui permet de
tirer à volonté un voile en velours grenat sur la statue.
A droite, une chaise longue, un guéridon.
Çà et là des statuettes, des bustes ; aux murs, des modèles en
plâtre.

SCÈNE I

LE SCULPTEUR, LA STATUE

Au lever du rideau, le sculpteur donne les derniers coups de ciseau,
fouillant les plis de la draperie.

Il s'arrête, dépose ciseau et marteau, et s'essuie le front. Il se recule d'un pas et contemple son œuvre enfin achevée. — Vêtue à l'antique, les plis de la tunique laisse deviner des formes parfaites, le visage inspiré et d'une beauté idéale, la statue personnifie admirablement l'Art dans sa conception la plus pure et la plus élevée.

LE SCULPTEUR

Je suis heureux !... La vue de mon œuvre me récompense de tous les efforts qu'elle m'a coûtés. (Il envoie à la statue un baiser passionné. Mais soudain, il recule effaré, n'osant croire. Lentement la statue a relevé les paupières. A présent, elle le regarde et lui sourit. Le sculpteur très agité.) Est-ce possible !... Elle me regarde !... (Il passe à droite.) Oui, oui, ses yeux me poursuivent... Mon Dieu, suis-je devenu fou ! (Il se cache la tête dans ses mains. La statue baisse les yeux et reprend sa rigidité. Le sculpteur n'ose plus la regarder. Cependant il s'enhardit et l'examine.) Plus rien ! C'était une hallucination. Oh! quelle émotion... Mon cœur bat encore à coups précipités. (Il vient regarder la statue de près.) Fini... Quel dommage !... Oh! ces yeux que j'ai vus, je les regrette... (S'agenouillant.) Je t'en supplie... Regarde-moi encore... (La statue est rigide. On frappe. Vivement le sculpteur voile la statue et va ouvrir.)

SCÈNE II

Les Mêmes, LA MAITRESSE

LE SCULPTEUR, encore très ému.

Ah! c'est toi ! (Il lui embrasse la main et va refermer la porte.)

Très froide et très sèche, la maîtresse va s'asseoir sur la chaise lon ue.

Le sculpteur vient s'asseoir près d'elle, et veut la prendre dans ses bras, mais elle le repousse doucement.

LUI

Qu'as-tu? (*Elle hausse les épaules et lui tourne le dos.*) Tu ne m'aimes plus?

ELLE, se levant.

Il me faut de l'argent.

LUI

Diable!

ELLE, très montée.

Je n'ai plus de bottines, plus de robes, plus de chapeau, plus rien. J'ai honte de sortir comme je suis. J'ai l'air d'une mendiante!

LUI

Tu es adorable, je t'assure.

ELLE

Pas de compliments, c'est de l'argent qu'il me faut.

LUI

Hélas, je n'en ai pas.

ELLE

Tu n'en as pas! (*Se dirigeant vers la porte.*) Eh bien, adieu.

LUI, la retenant.

Reste, je t'en prie... Tu sais que je t'aime.

12.

ELLE

Ce n'est pas vrai... Je n'y crois pas. Tu ne dois penser qu'à courir, à aimer à droite, à gauche; à boire, à t'amuser...

LUI

Moi! jamais, jamais. Je travaille.

ELLE

Comment se fait-il que tu n'aies pas d'argent!

LUI

Attends, voici l'œuvre que je viens de terminer. (Il lui montre la statue.) On m'en donnera beaucoup d'argent.

ELLE

Qu'est-ce que cela représente?

LUI, lui montrant l'inscription.

Tu vois, c'est l'Art.

ELLE

Peuh! tu ferais mieux de faire des danseuses.
On frappe. Le sculpteur couvre sa statue et va ouvrir.

SCÈNE III

Les Mêmes, LE MARCHAND

LE SCULPTEUR

Donnez-vous la peine d'entrer.

LE MARCHAND

Bonjour. (Apercevant la maîtresse.) Oh! la belle fille! (Saluant, très obséquieux.) Madame.

LA MAÎTRESSE, très aimable.

Monsieur... (A part.) Il a des bagues à tous les doigts.

> A partir de ce moment la maîtresse et le marchand échangent des œillades et des sourires.

LE SCULPTEUR

Que désirez-vous ?

LE MARCHAND

Je veux voir vos œuvres. J'ai de l'argent à placer.

> Il montre son portefeuille bourré de billets de banque.

LA MAÎTRESSE

Ciel... Quelle richesse !

> Elle redouble de gentillesse à l'égard du marchand.

LE SCULPTEUR

Voyez ceci... cela...

> Le marchand fait le tour de l'atelier, secouant la tête devant chaque objet montré.

LE MARCHAND

Non, non ; rien ne me plaît.

LA MAÎTRESSE, découvrant la statue.

Et ceci ?

LE MARCHAND, mettant ses lunettes.

Oh! oh! Pas mal... oui... La tête est bien, les bras, les mains, les jambes... parfait!

LA MAITRESSE

Alors, vous l'achetez?

LE MARCHAND

Attendez... J'en offre tous ces billets et cet or. (Il étale l'argent sur la table.)

LA MAÎTRESSE

Oh! quelle joie!

LE MARCHAND

Mais un instant... J'exige une modification. Il faut en faire une bacchante, lui mettre une coupe dans la main, enlever cette draperie et découvrir les seins... et tout cet argent est à vous.

LE SCULPTEUR

Hein!... C'est absurde!

LA MAÎTRESSE

Oui, oui; tout de suite. (Donnant au sculpteur le marteau et le ciseau.) Travaille vite.

LE SCULPTEUR, indigné.

Moi, que je fasse de cette statue si pure, si noble, une bacchante impudique... Non, non, jamais!

LA MAÎTRESSE

Puisque c'est pour de l'argent!

LE SCULPTEUR

Non, non.

LE MARCHAND

C'est à prendre ou à laisser... Vous ne voulez pas?

LE SCULPTEUR

Jamais.

LE MARCHAND

Alors, je reprends mon argent.

LA MAÎTRESSE

Arrêtez! (Au sculpteur.) Perds-tu la raison? Que t'importe une statue, Art ou Bacchante, pourvu que nous ayons de l'argent : songe donc que nous n'avons pas un sou.

LE SCULPTEUR

Je ne veux pas.

LE MARCHAND, à la maîtresse.

Laissez-le donc, allons-nous-en, tous deux.

LA MAÎTRESSE

Attendez encore. (Au sculpteur.) Voyons, je t'en supplie, prends ce marteau et ce ciseau... Si tu refuses, c'est que tu ne m'aimes pas...

LE SCULPTEUR

Mais si, je l'aime.

LA MAÎTRESSE, résolue.

Si tu ne veux pas... je pars avec le vieux et tu ne me reverras jamais.

LE MARCHAND, très allumé.

Oui, oui, avec moi, partons.

LE SCULPTEUR

Enfin... (Armé du marteau et du ciseau, il s'approche de la statue avec tristesse.)

> Pendant ce temps le marchand fait des agaceries à la maîtresse qui se défend mollement.
> Cependant, au moment où le sculpteur va se décider à frapper, la statue s'anime de nouveau, lentement ses yeux se tournent vers le sculpteur et ses mains se rejoignent comme pour le supplier de ne pas commettre un pareil sacrilège.

LE SCULPTEUR, se reculant effaré.

Qu'ai-je vu ! (Il laisse tomber ses outils. La statue a repris son immobilité.)

LA MAÎTRESSE ET LE MARCHAND

Qu'y a-t-il? Travaillez donc.

LE SCULPTEUR

Non, non, je ne veux pas. N'approchez pas. Je vous le défends.

LE MARCHAND

Vous êtes fou !

LA MAÎTRESSE

Tu ne m'aimes pas... C'est la statue que tu aimes !...
Je vais la briser !.. (Elle ramasse le marteau et le lève sur la
statue; le sculpteur lui arrache le marteau et la repousse avec
colère.)

LE MARCHAND

Il est toqué !... Partons ensemble.

LA MAÎTRESSE

Oui, oui, partons. (Au sculpteur.) Entre nous tout
est fini. Reste avec tes maîtresses de marbre. Bonsoir.

> Elle sort la taille enlacée par le marchand, en laissant échapper
> un éclat de rire moqueur.

LE SCULPTEUR, brandissant son marteau.

Les misérables ! (Il va jusqu'à la porte, s'arrête, jette son
marteau et hausse les épaules. La nuit vient.)

SCÈNE IV

LE SCULPTEUR, LA STATUE

LE SCULPTEUR

Ah ! les maudits, les sans-cœur, qui ne pensent
qu'à l'argent !... Quelle tristesse, tout m'abandonne...

Me voici seul... Mais, j'ai ma statue, sauvée, intacte.
C'est elle que je veux adorer... Hélas, elle est rigide
et son cœur de marbre ne bat point... Ah! que je
souffre!...

> Il se laisse tomber sur la chaise longue, désespéré...
>
> En ce moment, la statue s'éclaire d'une lumière surnaturelle. Puis,
> très lentement, sous l'œil éperdu du sculpteur, elle s'anime
> tourne la tête vers lui. Et voici qu'elle descend de son socle, et
> qu'elle s'avance, légère, comme dans un rêve. Et lorsqu'elle
> est tout près du pauvre artiste endolori, elle se penche sur lui
> l'amante froide, mais fidèle, et le baise au front.

RIDEAU

13

PROCÈS EN ADULTÈRE

PROCÈS EN ADULTÈRE

MONOMIME

PERSONNAGES

MAITRE PIERROT,   Avocat.
LE MARI,
LA FEMME,   } Marionnettes.
L'AMANT,

DÉCOR

Les trois marionnettes sont accrochées à la tablette qui simule la barre de l'avocat.

Comme pièces à conviction : un corset, un pantalon de femme.

Au lever du rideau, l'orchestre fait entendre la dernière phrase de la péroraison du procureur général.

Pierrot, assis, hoche la tête et hausse les épaules, trouvant l'acte d'accusation fort médiocre.

Il se lève gravement et retire sa toque.

Messieurs de la cour. (Il salue à gauche.) **Messieurs du jury.** (Il salue en face.) **Vous avez entendu le discours de l'avocat général... moi aussi.. Elle et lui se sont entendus pour faire ce vieux-là cornard.**

13.

Le Code... que je vénère... article 337, condamne ma cliente à la prison.. Pauvre petite femme !

Mais un instant... Nous avons des circonstances atténuantes.

Se tournant vers l'avocat général :

Oui nous en avons... Je vais le prouver.

Il tousse, se recueille et prend des poses.

Primo; regardez comme ma cliente est intéressante ! Elle sortait du couvent... modeste... ne sachant rien... rien... Un ange du ciel !

Lui, vieux, démoli, aperçoit la jeune fille... Ses yeux s'allument, ses mauvais appétits se réveillent... Il ose la demander en mariage, et comme il a beaucoup d'argent, on la lui donne.

Il essuie une larme.

Elle, sans savoir, dit : oui.., au doigt on lui passe un anneau... et le vampire saisit sa proie, il l'emporte.. Et puis... et puis... lui et elle... Oh ! repoussons cet affreux tableau !...

Il repousse la vision avec horreur et s'écroule sur la barre en se voilant la face de sa manche.

Oh ! messieurs, vous imaginez-vous la laideur de cette union ?

Elle, fraîche, belle, souriante, faite pour les bijoux, les bals, les fêtes !...

Lui, grognon, jaloux, des jambes comme des flûtes, la poitrine secouée par une quinte perpétuelle... des dents... deux... branlantes... des cheveux, pas un, comme sur mon genou.

(Au mari.) **Vous devriez mourir de honte, espèce de dégoûtant.**

> La marionnette représentant le mari se redresse et s'agite.
> Pierrot la frappe.

N'interrompez pas la défense.

Un soir, dans un bal, le beau jeune homme que voici se présente. (Au mari.) Il a des mollets, lui, des biceps, une poitrine solide, des dents, des cheveux.

> Comme le mari veut répliquer, il le frappe...

Lui à elle : Madame voulez-vous me faire l'honneur. (Il valse.) Lui et elle se regardent timidement. Ils soupirent, ils se jurent une amitié très pure...

> Comme à une interruption de l'avocat général.

Hein?... plaît-il?... Le corset?... le pantalon?... Attendez... j'y arrive.

Un jour, lui et elle se promenaient loin, très loin... ils étaient fatigués... Passe un cocher... Pst!... arrêtez... A l'heure, au pas... Enfermés dans la voiture, ils avaient chaud... Alors ma cliente eut une idée, elle ôta son corset, puis son pantalon... C'est bien naturel!

> Le mari proteste, Pierrot le frappe.

Lui, disait : Je vous aime, ayez pitié de moi. — Elle, scandalisée, disait : Pas de ça... jamais... je vous en prie éloignez-vous. Mais son cœur battit plus vite et sa tête s'affola... Voilà...

> Par mégarde, il s'éponge le front avec le pantalon.

Messieurs de la cour... Messieurs du jury... Vous

le voyez, c'est une peccadille. Que cet imbécile soit cornard... Qu'importe? Lavez-vous-en les mains, pardonnez à ma cliente et rendez-lui la liberté. J'attends votre arrêt avec confiance... Écoutons...

L'orchestre prononce un verdict d'acquittement.

Sauvés, mon Dieu!...

Les deux amants s'embrassent.
Pierrot fait un pied de nez au mari.

RIDEAU

CHEZ LA DANSEUSE

CHEZ LA DANSEUSE

PANTOMIME EN UN ACTE

De MM. Charles AUBERT et P. ANDRY

Représentée pour la première fois au Concert
de *la Cigale*.

Musique de M. Monteux Brisach.

PERSONNAGES

ROSITA, danseuse. . . . . , . . . Mlle Renée de Presles.
BLANCHETTE, sa femme de chambre. Mlle Simier.
PIERROT, employé aux Folies-Bergère . MM. Ch. Mey.
BARON DE LA GALETTE , impresario. Baldy.

DÉCOR

Le cabinet de toilette de la danseuse.
Porte d'entrée au fond, à droite.
Porte de la chambre à coucher, deuxième plan à gauche.
Porte de la cuisine, deuxième plan à droite.
Fenêtre, premier plan à droite.

Une chaise, une baignoire et un paravent au fond.
Une toilette avec tout ce qu'il faut pour se maquiller, premier
   plan à gauche.
Un guéridon, une chaise, premier plan à droite.
Au mur, au-dessus de la baignoire, un cartel.

14

SCÈNE I

ROSITA, BLANCHETTE

Rosita en costume de répétition fait des exercices : Pliés, ronds de jambes, dégagés, grands battements.

Si le rôle est joué par une danseuse, elle pourra répéter un pas.

BLANCHETTE, qui a marqué la mesure en frappant dans ses mains pendant tous les exercices.

Bravo ! madame. Votre danse est parfaite.

ROSITA, tombe sur un siège et s'évente.

Je suis lasse.

BLANCHETTE

Madame veut-elle prendre son bain ? L'eau est à une bonne température.

ROSITA

Oui, débouche ce flacon d'odeur, et vide-le dans la baignoire.

BLANCHETTE

Oh ! que cela sent bon !

Elle verse le contenu du flacon dans la baignoire.

Rosita va éprouver la température de l'eau et s'essuie les doigts Elle commence à se déshabiller.

Sur une chaise près de la baignoire, Blanchette dépose un peignoir et un bonnet imperméable.

Au moment où Rosita n'a plus que sa chemise et son pantalon. on sonne.

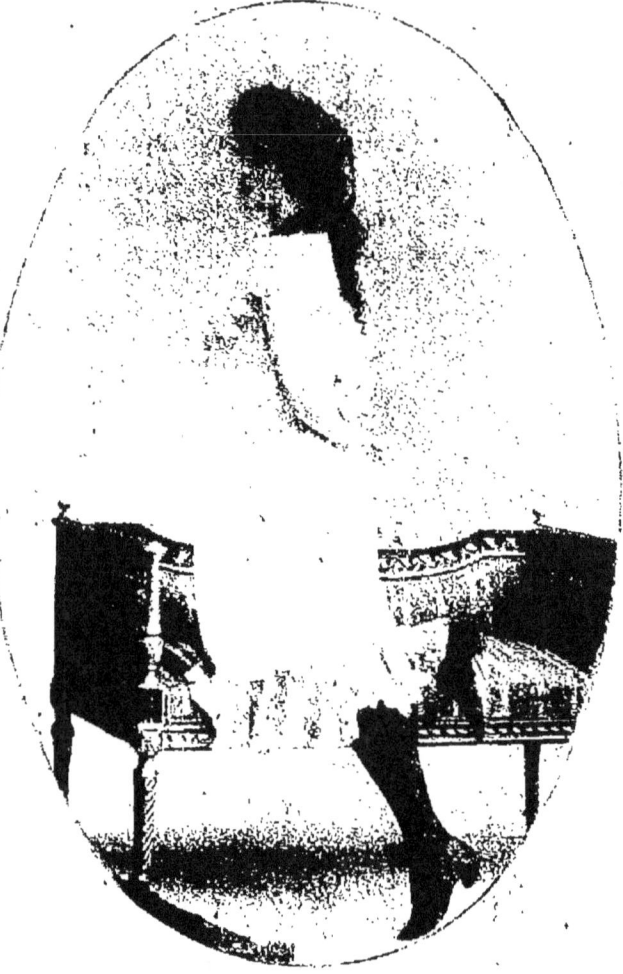

Rosita se dissimule derrière un paravent.
Blanchette va ouvrir.

SCÈNE II

Les Mêmes, LE BARON

BLANCHETTE

Que désirez-vous?

LE BARON, d'un air très important.

Voici ma carte.

Il tend une énorme carte sur laquelle on lit : *Baron de la Galette, Directeur des Folies Aquatiques.*

BLANCHETTE, salue profondément et remet la carte
à Rosita.

ROSITA

Dis-lui de revenir dans une heure.

LE BARON, qui a tiré la photographie de Rosita, l'admire
et l'embrasse.

(A Blanchette.) C'est bien votre maîtresse?

BLANCHETTE

Oui, oui; c'est son portrait. Mais vous ne pouvez
la voir que dans une heure.

LE BARON

Pourquoi donc?

BLANCHETTE

Madame va prendre son bain, elle est déshabillée.

14.

LE BARON

Oh ! je veux la voir ainsi.

Il se précipite vers le paravent, Blanchette s'y oppose de toutes ses forces ; Rosita pousse des cris et finalement lui jette de l'eau à la figure... Cette petite douche calme l'ardeur de l'inflammable impresario qui se laisse pousser vers la porte par Blanchette.

Oh ! soubrette, je t'en prie, laisse-moi contempler la maîtresse.

BLANCHETTE

En voilà un gros polisson !

LE BARON

Je te couvrirai de billets de banque.

En ce moment Rosita frappe du pied et agite le paravent avec colère.

BLANCHETTE

Allez-vous-en !

LE BARON

Ces billets pour toi...

BLANCHETTE

Si vous êtes prudent, j'arrangerai cela... Allez-vous-en !

Elle le pousse dehors et ferme la porte.

SCÈNE III

ROSITA, BLANCHETTE

ROSITA

Quel crampon !

BLANCHETTE

Il embrasse votre photographie !... Il est amoureux de vous.

ROSITA

Il est chauve comme mon genou.

BLANCHETTE

Pas de cheveux, mais beaucoup d'argent ! Et puis c'est un directeur, voyez sa carte.

ROSITA

Bast, il reviendra. (Elle quitte un chausson.)

BLANCHETTE, à la fenêtre.

Oh ! madame. Il a une voiture.. C'est un homme très chic. (Rosita jette une jarretière, puis un bas.) Madame veut-elle déjeuner dans le bain ?

ROSITA

Oui, oui. Voilà de l'argent. Va vite.

BLANCHETTE

Oui madame. (A part.) Le vieux est en bas, je vais lui parler.

Elle sort.

SCÈNE IV

ROSITA, seule.

Elle enlève sa deuxième jarretière. Elle enlève son pantalon. Elle commence à quitter sa chemise lorsqu'on sonne.

Oh ! que c'est ennuyeux !

On sonne plu.. .t.

Rosita s'enveloppe de son peignoir, met ses pantoufles et va ouvrir.

SCÈNE V

ROSITA, PIERROT

Pierrot entre et salue.

Il est maigre, malingre et famélique, mal peigné, vêtu de loques, chaussé de vieilles bottines. Il a le nez rouge et semble avoir très froid. Il est coiffé d'une casquette trop grande, sur la bande de laquelle on lit : *Folies-Bergère.*

ROSITA

Que voulez-vous ?

PIERROT, grelottant.

Attendez... (Il souffle dans ses doigts.) Quelle belle femme !

ROSITA

Pourquoi me regardez-vous comme cela ?

PIERROT

Parce que votre vue me réchauffe ?

ROSITA

Trève de balivernes... Que voulez-vous?

PIERROT

C'est une lettre... pour vous... Attendez.

> Il fouille dans une poche, rien ; dans une autre elle est trouée.
> Des poches de son pantalon, il retire une pipe, des chaussettes,
> un demi-setier vide, un peigne, etc.

ROSITA, impatientée.

Eh bien, cette lettre?

PIERROT

Je ne sais pas... je l'ai perdue... quel désespoir! Ah!... je me rappelle... (Il retire sa casquette.) Elle est là-dedans... (Il laisse tomber la casquette, l'envoie rouler au loin.) La voici. (Il l'essuie avec les chaussettes et la lui remet.)

> ROSITA, déplie la lettre sur laquelle on lit : « *Répétition à midi,
> remplacer première danseuse.* ».

Oh! quelle chance! (A Pierrot.) Je vais m'habiller tout de suite. (A part.) Danser un joli pas, je suis au comble de mes vœux!

> Elle esquisse un pas et, faisant des glissades, elle entre dans sa chambre.

SCÈNE VI

PIERROT, seul.

Il imite la sortie de Rosita, mais presque aussitôt il s'arrête
comme pris de faiblesse.

(Au public.) Je sais ce que c'est... je n'ai pas d'argent... Depuis deux jours, je n'ai pas mangé! (Il regarde autour de lui, s'approche de la toilette, saisit un flacon d'odeur, le sent.) Oh! oh! ça doit être bon ça!... (Il boit, mais crache aussitôt avec dégoût.) Pouah! c'est du parfum!... (Alors, il s'en verse sur la tête, puis sur ses vêtements, puis dans ses souliers. Il se dresse avec arrogance.) Au moins, je serai parfumé! (Il marche, arrive à la porte de la chambre.) Eh bien, que fait-elle là dedans? (Il cherche à voir par le trou de la serrure, mais en vain.) Impossible de voir, bast!... Je préférerais manger quelque chose. (Il regarde autour de lui.) Ah! là-bas, peut-être. (Il va à la porte de la cuisine et l'ouvre.) Bravo, la cuisine! Je vais voir s'il n'y a pas quelque chose à dérober. (Il disparaît.)

SCÈNE VII

ROSITA, seule, en costume de ville.

Tiens, où est donc Pierrot? Il est parti. Bientôt midi... Je cours.

Elle sort vivement et ferme la porte à double tour.

SCÈNE VIII

PIERROT, seul, reparaissant.

Sapristi, elle m'enferme! Ah! mais non. (Il se précipite vers la porte qu'il cherche à ouvrir.) **Hé! pssitt, pssitt!
Je suis enfermé!** (Il va à la fenêtre, l'ouvre, regarde, mais
recule épouvanté.) **Cinq étages. Brou... mauvais chemin.
Bast, j'attendrai...** (Regardant la pendule.) **Alors, je vais
rester ici deux heures... Diable, je vais m'embêter.**

Il s'assied, tourne ses pouces, regarde la toilette, examine les
pots et les flacons. Il s'empare d'une brosse, brosse ses cheveux, ses habits, ses souliers, ses dents. — Puis il se met du
cold-cream, du blanc gras, de la poudre de riz, du rouge sur
les joues en plaques rondes, s'agrandit les yeux avec du noir,
et la bouche avec du rouge à lèvres. Alors, il se trouve charmant, s'admire. En faisant des grâces, il manque de tomber dans
la baignoire. Son pantalon est mouillé au derrière. Alors cette
idée lui vient:

**Si je me baignais... depuis mon enfance cela ne
m'est pas arrivé!**

En un clin d'œil, il se déshabille, met le bonnet imperméable, et
après quelques simagrées, se plonge dans la baignoire. Comme
l'éventail est près de lui, il s'en saisit et s'évente. Entendant
ouvrir la porte, il baisse instinctivement la tête, boit un coup
et se dissimule avec l'éventail, assez anxieux de savoir ce qui
va lui arriver.

SCÈNE IX

PIERROT, BLANCHETTE

Blanchette persuadée que c'est sa maîtresse qui est dans la baignoire,
dispose le déjeuner sur le guéridon; un pâté, un poulet, des fruits..

Pierrot qui contemple ces préparatifs, est pris d'un vague espoir, ses yeux brillent de convoitise, et l'eau lui vient à la bouche.

Blanchette approche le guéridon de la baignoire, puis elle va chercher une bouteille de vin.

Alors Pierrot, impatient, mais n'osant se montrer, lui fait signe à plusieurs reprises de s'en aller.

Blanchette s'éloigne, Pierrot se met à dévorer, mais Blanchette montre au public deux billets de banque, prix de son indélicatesse.

Elle a promis à l'impresario de le laisser entrer... Ma foi tant pis arrivera que pourra!!! Elle ouvre la porte de droite et se sauve dans la cuisine.

SCÈNE X

PIERROT, LE BARON

LE BARON, entrant doucement.

(Il porte un énorme bouquet.) **Elle est là! Ah! comme mon cœur bat! Allons, du courage.**

Il se colle contre le paravent, et, n'osant se montrer lui-même, il présente son bouquet.

La vue de ce bouquet qui se présente tout seul, interloque un peu Pierrot. Enfin il prend le bouquet, le pose à terre et se remet à manger.

Le baron avance encore le bras, toujours sans se montrer, saisit la main de Pierrot, la lui embrasse, et lui attache un magnifique bracelet au poignet.

Ahurissement de Pierrot.

Le bras du baron avancé encore, offrant cette fois une bourse pleine d'or.

Pierrot s'en empare et dans sa joie, cherche ses poches, puis il se remet à manger et à boire.

Alors le baron, à genoux, vient jusqu'à la baignoire.

15

> Pierrot se dissimule derrière l'éventail qu'il tient de la main
> gauche, pendant qu'il mange et boit de la main droite.
> Le baron fait une déclaration brûlante, à la fin il veut em-
> brasser l'objet de son amour.
> Pierrot, qui était en train de boire, l'éclabousse d'une pluie de vin.
> Le baron dit qu'il est directeur de théâtre et supplie Pierrot de
> lui danser un pas.
> Pierrot qui a bien bu et bien mangé consent. Il déploie le para-
> vent devant la baignoire.
> En ce moment, le baron a le temps de jeter un coup d'œil sur le
> torse de Pierrot. Il descend en scène d'un air désillusionné.

Diable elle n'a pas de gorge, rien, pas ça, c'est
plat comme sur ma main. Pourtant la photographie
en montre... Je n'y comprends rien du tout !

> Pierrot a mis les jupes de la danseuse, un petit corsage espagnol;
> il a gardé le bonnet imperméable. Il se présente timidement.
> Le baron l'examine :

Sacrebleu, des jambes comme des flûtes, pas de
formes, et puis c'est curieux, elle ne ressemble pas
à son portrait. (Il lui dit.) Est-ce bien votre portrait ?

PIERROT

Certes, je le jure !

LE BARON, un peu renfrogné.

C'est extraordinaire... Enfin... voyons, dansez-moi
quelque chose !

> Obligé de s'exécuter. Pierrot esquisse un pas grotesque.
> On entend un roulement de voiture.

PIERROT, effrayé, allant regarder à la fenêtre.

(A part.) Sacrebleu, c'est la patronne !

LE BARON

Qu'y a-t-il ?

PIERROT

Je vous en supplie, cachez-vous !

LE BARON

Mais pourquoi ?

PIERROT, le poussant dans la chambre à coucher.

C'est mon mari, il vous tuerait ! Allez donc.

Le baron disparaît.

SCÈNE XI

PIERROT, ROSITA, puis BLANCHETTE

Perdant la tête, Pierrot s'affuble du pardessus du baron, et de son
chapeau, puis il se cache derrière le paravent.

ROSITA, entrant.

Elle est très heureuse. Là bas, elle vient de répéter un pas admirable.
Elle sera la première sur l'affiche. Elle quitte son manteau et son
chapeau.

Au moment où elle va pour entrer dans sa chambre, elle aperçoit
Pierrot qui lui présente le bouquet.

Très effrayée, elle sonne.

Blanchette paraît.

ROSITA

Quel est cet homme ?

BLANCHETTE, lui montrant la carte.

C'est le baron de la Galette. Il a beaucoup d'argent.

ROSITA

Ah! c'est le baron. C'est bien, laisse-moi!

Blanchette sort.

SCENE XII

ROSITA, PIERROT

PIERROT, se mettant à genoux.

Acceptez ce bouquet!

Elle prend le bouquet, et lui jette un regard des plus encourageants.

Comme elle me regarde... hum... si j'osais.

Il la regarde d'une manière provocante et lui pousse le coude.
Elle baisse les yeux.

Ça va bien.

En ce moment le baron passe la tête. Pierrot, qui le voit, lui fait
signe de se retirer.
Il prend la main de la danseuse qui voit le bracelet.

ROSITA

Oh! le joli bracelet.

PIERROT

Il vous plaît... prenez.

ROSITA

Vous êtes vraiment aimable! Elle se laisse embrasser.

PIERROT

Encore, encore!... Oh! que c'est doux! Encore!...
Encore!...

Le baron passe la tête et fait une grimace épouvantable.
Pierrot le menace du poing.

ROSITA

Qu'avez-vous donc?

PIERROT

Rien, venez vous asseoir près de moi. (Il la prend sur
ses genoux et la caresse.)

LE BARON, regardant la photographie et l'original.

C'est elle... celle que j'aime!

ROSITA, à Pierrot montrant la carte.

Vous êtes le baron de la Galette?

PIERROT, se rengorgeant.

Certes.

ROSITA, lui voyant les jambes nues.

Que signifie?

PIERROT, tache de dissimuler ses jambes en se baissant.

Ne faites pas attention, je vous aime. Venez...

Il veut l'entraîner vers la chambre à coucher.
Soudain, le baron se dresse devant eux.

15.

SCÈNE XIII

ROSITA, PIERROT, LE BARON, puis BLANCHETTE

ROSITA

Qu'est-ce que c'est que ça? Qui êtes-vous?

LE BARON

Je suis le baron de la Galette... C'est moi... Ce n'est pas lui...

BLANCHETTE, accourant.

C'est vrai, le baron c'est le gros!

ROSITA, montrant Pierrot.

Eh bien, et celui-ci?

BLANCHETTE

Je ne sais pas.

LE BARON, secouant Pierrot.

Qui es-tu misérable?

PIERROT

Aïe, lâchez-moi, je vais tout vous dire.

LE BARON

D'abord, rends-moi mon pardessus.

PIERROT, apparaît en danseuse.

Il va prendre ses vêtements et montre sa casquette d'employé des Folies-Bergère.

Pardonnez-moi.

ROSITA, au baron.

Ainsi, le baron, c'est vous?

LE BARON

Oui, c'est moi, et je vous adore.

ROSITA

Est-ce bien vrai?

LE BARON

Voyez mon portefeuille.

A cet argument sans réplique, la danseuse tombe dans les bras du baron.

PIERROT, montrant à Blanchette la bourse que le baron lui a donnée.

Et toi, ne veux-tu pas m'aimer?

BLANCHETTE

Peut-être!

Pierrot la saisit par la taille.

RIDEAU

PIERROT DOMESTIQUE

PIERROT DOMESTIQUE

PANTOMIME

PERSONNAGES

COLOMBINE.
ARLEQUIN.
PIERROT.
CASSANDRE.
LE FERMIER.

La scène se passe chez Cassandre.

DÉCOR

Au fond, une porte, une fenêtre avec un volet.
A gauche, porte de la cuisine.
A droite, porte des appartements.
A gauche, un guéridon.
A droite, une table.
Au fond, une table.

SCÈNE I

COLOMBINE, puis ARLEQUIN

Au lever du rideau Colombine écoute à la porte de droite,
puis descend en scène.

COLOMBINE

Le vieux dort... On ne le saura pas... Je vais appeler mon amant.

Elle va à la fenêtre.

Il est là !...

Elle appelle et redescend un peu effrayée de son audace.

ARLEQUIN, à la fenêtre.

Personne ?

COLOMBINE

Non. Ne faites pas de bruit.... Le vieux dort.

Arlequin saute dans la chambre et vient saisir Colombine par la taille.

Colombine lui frappe sur les doigts et lui échappe.

COLOMBINE

Soyez sage... si l'on nous surprenait !

ARLEQUIN

Rien à craindre... Nous sommes seuls...
Chère Colombine, je t'aime... un baiser ?

COLOMBINE

Non, non, non.

ARLEQUIN

Je t'épouserai, je te le jure, un baiser.

Il saisit Colombine par la taille et l'embrasse éperdûment.

SCÈNE II

LES MÊMES, CASSANDRE

CASSANDRE, les surprenant.

O ciel... O double ciel !

Les deux amants terrifiés se séparent vivement.

Attends misérable ! (Il se précipite sur Arlequin le bâton levé.)

CHARACTER: COLOMBINE, se jetant à genoux.

Grâce pour lui !

CASSANDRE

Quel est ce sacripant ?

COLOMBINE

Lui, c'est le seigneur Arlequin.

ARLEQUIN

Oui, Arlequin, pour vous servir.

CASSANDRE

Que veux-tu ?

ARLEQUIN

Moi amoureux de Colombine, faites-moi l'honneur de me la donner en mariage.

CASSANDRE, l'examinant avec méfiance.

As-tu de l'argent beaucoup ?

COLOMBINE

Aïe... voilà le moment grave !

ARLEQUIN

Diable !

CASSANDRE

Eh bien, réponds-tu ?

16

ARLEQUIN

Hélas ! de l'argent... pas ça.

CASSANDRE

Pas ça... Je te méprise... Va-t'en !

ARLEQUIN

Par pitié !

CASSANDRE, levant son bâton.

Ah gredin !... Pendart !

Arlequin s'enfuit.

SCÈNE III

CASSANDRE, COLOMBINE

COLOMBINE

Quel ennui !

CASSANDRE

Quel conduite !... Voyez la petite masque !

COLOMBINE

Je n'ai rien fait... moi, na !

CASSANDRE

Petite criminelle !... J'ai vu ; le galant t'a embrassée sur la joue.

Colombine honteuse se cache la figure.

Un homme qui n'a pas d'argent... fi !... fi !...

COLOMBINE

Il est charmant!... je l'aime!... il m'épousera.

CASSANDRE

Jamais, jamais!

COLOMBINE, le câlinant.

Voyons, soyez gentil!

CASSANDRE

Au diable!

COLOMBINE

Oh, vous n'avez pas de cœur!

CASSANDRE, regardant sa montre.

Midi!... va à la cuisine... prépare le fricot.

COLOMBINE

Non.

CASSANDRE

Veux-tu te dépêcher!

COLOMBINE, va jusqu'à la cuisine, puis revient.

Moi, je veux qu'il m'épouse!

CASSANDRE, furieux.

Va-t'en!

COLOMBINE, va jusqu'à la cuisine, puis revient.

Je le veux!... Je le veux!

CASSANDRE, les poings levés.

Je vais t'assommer!...

Colombine disparaît.

SCÈNE IV

CASSANDRE seul, puis COLOMBINE, puis ARLEQUIN

CASSANDRE

Seigneur que cette fille est désagréable! (Regardant autour de lui.) Quel désordre ici!... De la poussière partout... Non, non, cela ne peut pas durer, j'ai une idée!

Il s'assied à gauche devant le guéridon, prend une plume, écrit vivement, se lève et montre au public un écriteau avec ces mots :

On demande un bon domestique.

C'est une bonne idée!

Il accroche l'écriteau au volet de la fenêtre.

Pendant ce temps, Colombine vient dresser le couvert sur la table, à droite, sur laquelle elle dépose un pâté et une bouteille de vin.

CASSANDRE, appelant Colombine.

Regarde.

COLOMBINE

C'est très bien.

Puis elle va à la table du fond, y prend une douzaine d'œufs qu'elle place sur les bras de Cassandre.

A ce moment, Arlequin paraît à la fenêtre, Colombine court à lu
et lui donne ses mains à baiser.

Cassandre roule des yeux terribles; mais la crainte de casser les
œufs lui empêche de faire un mouvement.

COLOMBINE, à Arlequin.

Toi et moi serons unis.

ARLEQUIN

Oui, par le mariage.

ENSEMBLE

Nous le jurons.

Arlequin donne un dernier baiser à Colombine et disparaît.
Colombine pousse Cassandre dans la cuisine et disparaît avec
lui.

SCÈNE V

PIERROT, seul.

Malheureux, déguenillé, honteux, Pierrot entre timidement. Il salue à
droite, à gauche et se cogne de ci de là.

Tiens personne... Le cœur me bat... Oh oh... ici très bien, très beau... Les maîtres sont riches... Moi, attendre respectueusement. Quel délicieux parfum! D'où vient-il? Oh, cette table!... Ce pâté, il embaume et me chatouille le cœur... Et cette bouteille... quel divin spectacle! Quelqu'un?... Non, j'ai peur... Que cette table est tentante. Moi depuis deux jours... Je n'ai pas mangé ça... Je suis maigre, efflanqué. Si j'osais... Personne... Aucun bruit... Allons!...

Il soulève le couvercle du pâté et mange, s'étouffe, prend la bou-
teille et boit, se frotte l'estomac.

16.

Entendant la toux de Cassandre, il n'a que le temps de poser la bouteille et de reprendre sa position.

SCÈNE VI

PIERROT, CASSANDRE, COLOMBINE

CASSANDRE, effrayé.

Qu'est-ce que c'est que ça?

COLOMBINE

Un voleur!

Pierrot salue humblement.

CASSANDRE

Qui es-tu?

PIERROT

Moi, je me promenais... Soudain, j'ai vu cette pancarte... J'ai lu, et me voilà?

CASSANDRE, à Colombine.

Il a mauvaise mine, hein?

COLOMBINE

Ça ne veut rien dire.

CASSANDRE, à Pierrot.

Que sais-tu faire?

PIERROT

Tout, balayer... épousseter... faire la cuisine exquise .. et être excessivement poli.

CASSANDRE, à Colombine.

Q'en penses-tu?

COLOMBINE

Il est gentil.

CASSANDRE

Quelles sont tes exigences?

PIERROT

Manger.

CASSANDRE

Oui.

PIERROT

Boire.

CASSANDRE

De l'eau, oui.

PIERROT

Un peu d'argent.

CASSANDRE

De l'argent... non, non, non.

PIERROT

Tant pis, je m'en passerai.

CASSANDRE

Alors, c'est convenu... Tu es de la maison.

Pierrot salue... Cassandre examine sa veste.

Pouah ! Tu as une veste dégoûtante... Prends cette
veste blanche...

PIERROT

Quelle est belle !

Il endosse la veste.

CASSANDRE, à Colombine.

Va faire l'omelette.

COLOMBINE

J'y cours.

COLOMBINE, à Pierrot.

Toi, reste ici.

PIERROT

Oui mademoiselle.

Colombine sort.

Cassandre s'est mis à table.
Pierrot va lui nouer la serviette et l'étrangle un peu.
On frappe.
Pierrot va ouvrir.

SCÈNE VII

PIERROT, CASSANDRE et LE FERMIER

LE FERMIER

Bonjour monsieur Cassandre.

CASSANDRE

Ah, c'est vous... J'en suis ravi.

LE FERMIER

J'apporte de l'argent.

CASSANDRE

Enchanté... asseyez-vous.

Il remplit un verre et le donne à Pierrot.

Porte ce verre au fermier.

Il remplit son propre verre.
Pierrot remarquant qu'il n'est pas vu, avale le contenu du verre
et le donne vide au fermier.

A votre santé !

LE FERMIER

Mais il n'y rien dans mon verre.

CASSANDRE

Comment rien... Ah farceur!... Il en veut deux.

Il va lui remplir son verre.

LE FERMIER

A votre santé. (Il boit.)

Pendant ce temps, Pierrot a avalé le verre de Cassandre, Cas-
sandre vient pour le boire, ne trouve rien, se tourne vers
Pierrot.

CASSANDRE

C'est toi qui as bu mon vin.

PIERROT

Oh, monsieur pour qui me prenez-vous? C'est vous qui avez bu.

En ce moment le fermier étale une feuille remplie de chiffres sur le guéridon, puis un tas de pièces d'or.

Au son de l'or, Cassandre dresse l'oreille et s'avance vers le fermier.

Cassandre et le fermier s'asseyent devant le guéridon. Après un coup d'œil jeté sur le total, Cassandre compte l'or.

Le bruit de l'or a également attiré Pierrot qui se penche pour mieux voir. En se retournant, Cassandre se trouve nez à nez avec Pierrot.

CASSANDRE

Va-t'en un peu plus loin, toi.

PIERROT, se reculant.

Oui patron... Que d'or... que d'or!... J'en ai la fièvre... Si je pouvais le prendre.

Il se rapproche et au moment où Cassandre cherche sa poche pour y plonger une poignée d'or, Pierrot présente la sienne reçoit l'or et s'éloigne.

CASSANDRE, au fermier.

Vos comptes sont exacts... touchez là.

LE FERMIER

Mes comptes sont toujours justes, jamais d'erreur !

Cassandre le reconduit.

Je reviendrai encore vous apporter de l'argent.

CASSANDRE

Vous serez le bienvenu, au revoir !

LE FERMIER

Au revoir !

En sortant il se heurte à Arlequin et disparaît en pirouet-
tant.

SCÈNE VIII

CASSANDRE, PIERROT, ARLEQUIN, puis COLOMBINE.

CASSANDRE, à Arlequin.

Encore toi !

ARLEQUIN

Accordez-moi la main de celle que j'aime.

CASSANDRE

Jamais... Va-t'en !

ARLEQUIN

Par pitié !

CASSANDRE

Attends, chenapan !

Il prend un bâton et en donne un à Pierrot.

Frappe-le.

Cassandre et Pierrot se précipitent sur Arlequin qui les évite.
Naturellement c'est Cassandre qui reçoit tous les coups, pendant
qu'Arlequin embrasse Colombine.

CASSANDRE, à Pierrot.

Comment, gredin, tu frappes ton maître !

PIERROT

Grâce patron !... Oh voyez !

Il montre Arlequin qui caresse Colombine. Tous les deux fondent
sur Arlequin qui disparait.

CASSANDRE

Oh, les filles... quelle engeance !

Il s'assied devant le guéridon et examine le compte du fermier.
Son visage s'épanouit.

Beaucoup d'argent !

Il veut revoir ses pièces d'or. Il fouille dans sa poche... rien et
là... rien.

Mon or !... je ne l'ai plus... Où est-il ?
Plus rien... Oh ! quel désespoir !

PIERROT

Qu'y a-t-il ?

COLOMBINE

Qu'avez-vous ?

CASSANDRE

Mon argent ? Avez-vous vu mon argent ?
Je n'ai plus qu'à mourir... Qui me l'a volé ?
C'est toi... C'est toi...

COLOMBINE

C'est peut-être le fermier qui l'a emporté...

CASSANDRE

C'est possible... Je cours. (Fausse sortie.) Mon chapeau. (A Colombine qui obéit.) Toi, rentre dans ta chambre. (A Pierrot.) Si Arlequin vient ici, rosse-le.

PIERROT

Patron, je le jure.

CASSANDRE

Quelle horrible aventure !

Il sort.

SCÈNE IX

PIERROT, puis COLOMBINE, puis ARLEQUIN

PIERROT

Le coup a réussi, j'ai de l'or, je suis riche.

Il va prendre la bouteille et l'achève.

Hélas ! elle est vide !

Il entame une deuxième bouteille.
Colombine paraît une lettre à la main, elle va à la fenêtre et appelle Arlequin.
Mais Pierrot saisit la lettre au passage et se met à la lire.

PIERROT

Ah ! vous écrivez à Arlequin.

Malgré les résistances de Colombine, il parcourt rapidement la lettre.

COLOMBINE

Il lit ma lettre... A-t-il de l'impudence !

17

PIERROT

Oh oh... Il est écrit que vous l'aimez... et qu'à la nuit, quand on dormira, il vienne vous enlever et vous emmener loin, loin... Ah, c'est une jolie conduite.

COLOMBINE, impérieusement.

Rends-moi cette lettre.

PIERROT

Non, non... Je la montrerai à M. Cassandre.

COLOMBINE, effrayée, puis très douce.

Oh ne faites pas cela... Je vous en prie... Mon petit Pierrot... Soyez complaisant.

PIERROT

Non, non, non.

Colombine fait mine de pleurer.

Est-elle gentille !... et jolie... et bien faite.

COLOMBINE

Ma lettre.

PIERROT

Oui, mais à une condition.

COLOMBINE

Laquelle ?

PIERROT

M'embrasser.

COLOMBINE

Oh non, par exemple !

PIERROT

Alors je la montrerai à M. Cassandre.

COLOMBINE

Que faire?... il le faut...

PIERROT, tendant la joue.

Allons.

COLOMBINE

Oh, comme j'ai envie de le giffler !

PIERROT

Allons donc !

Colombine l'embrasse du bout des lèvres.

Qu'est-ce que c'est que ce baiser-là... Il ne vaut rien. Il me faut un gros baiser... comme cela...

COLOMBINE

Quel supplice ! (Elle l'embrasse.)

PIERROT

C'est mieux.

COLOMBINE

Ma lettre?

PIERROT

Un instant... il faut embrasser l'autre joue.

COLOMBINE

Oh je rage !... (Elle l'embrasse et lui arrache la lettre qu'elle déchire.)

PIERROT

Elle me plaît... Palsambleu ! Elle sera à moi. Pst !... venez ici.

COLOMBINE

L'insolent !... il est gris !...

Elle s'assied à droite.
Pierrot apporte une chaise près de la sienne.
Colombine renverse la chaise.
Pierrot la redresse et s'assied. Arlequin entre et vient se cacher derrière la table à droite.

PIERROT

Vous aimez Arlequin... Vous avez tort...
Il est désagréable... et n'a pas d'argent... Il est méprisable.

COLOMBINE

Le butor ! (Elle donne sa main à baiser à Arlequin.)

PIERROT

Moi, à la bonne heure !... Je suis joli, aimable, et puis je suis riche.

COLOMBINE

Vous riche !... allons donc !...

PIERROT, la main pleine d'or.

Regardez.

17.

COLOMBINE

Ciel... Je comprends... C'est lui qui a volé papa.

PIERROT, à part.

Voulez-vous vous marier avec moi, voulez-vous ?

COLOMBINE

Le traître ?... Il faut ruser. (Haut.) Mon Dieu, je n'ose accepter tout de suite.

PIERROT, à genoux.

Mon cœur brûle, ma raison s'égare...

Il lui embrasse la main.

Pendant ce temps, Colombine passe à Arlequin sa bourse et un jeu de cartes.

ARLEQUIN

J'ai compris !

Il vient frapper sur l'épaule de Pierrot.

PIERROT

Toi, tu peux t'en aller... Colombine n'est pas pour ton nez... elle est pour moi.

ARLEQUIN

L'amour... Je m'en moque ! Vive les cartes ! Veux-tu jouer ? Veux-tu gagner une bourse ?

PIERROT

Non.

COLOMBINE

Oh, cette bourse je la veux pour moi...
Allez jouer.

PIERROT

Soit, allons.

Ils vont au guéridon et jouent, Colombine se place derrière Pierrot,
et au moyen d'un miroir indique le jeu de celui-ci à Arlequin.
Arlequin gagne, gagne encore. Il a mis l'or dans un sac qu'il
agite joyeusement.

PIERROT

Malédiction ! je suis au désespoir !

COLOMBINE

Chut, voici papa.

Tous les trois se groupent à droite.

SCÈNE X

Les Mêmes, CASSANDRE, LE FERMIER

Cassandre ramène le fermier.

CASSANDRE

Mon argent !

LE FERMIER

Ecoutez-moi... l'argent je l'ai posé là... Vous l'avez
mis dans votre poche... Je le jure par le ciel !

CASSANDRE

Qui donc me l'a volé ?

COLOMBINE

Celui qui a volé... le voilà !

Elle désigne Pierrot, celui-ci veut s'esquiver, mais Arlequin
l'arrête.

CASSANDRE

Misérable !... mon argent !...

PIERROT

Grâce !... Je ne l'ai plus.

ARLEQUIN

Lui et moi avons joué aux cartes, et l'argent le
voilà dans le sac.

CASSANDRE

Quelle bonne idée. (Il lui serre la main.) Donne.

ARLEQUIN

Un instant... D'abord, accordez-moi la main de Colombine.

CASSANDRE

Jamais.

ARLEQUIN

Alors, serviteur.

CASSANDRE

Arrête... je consens... Mariez-vous... Donne le sac.

Arlequin s'élance vers Colombine et donne le sac.

LE FERMIER, montrant Pierrot.

Et celui-là ?

CASSANDRE

Qu'il soit pendu !

LE FERMIER

Voici une corde. (Il la passe au cou de Pierrot.) Là, il y
a un arbre superbe... En route !

PIERROT

Grâce !

Il implore tout le monde, mais chacun le repousse avec horreur.

CASSANDRE

Allez.

Le fermier tire sur la corde.

PIERROT

Attendez ; il faut que je prie Dieu !...
Seigneur regardez votre très humble créature...
j'ai péché... mais je me repens... Ces gens veulent
me pendre... Hélas !... Ils ont tort... car moi boire
jamais plus... Voler, jamais plus... je le jure..
Dans une minute, à cette arbre qui est là, mon
cadavre se balancera au vent... Pauvre Pierrot.

Il s'attendrit, pleure et vole le mouchoir du fermier.

Adieu monsieur Cassandre. Adieu Arlequin. Adieu
mademoiselle Colombine. (Il veut l'embrasser, elle se détourne.) Priez pour moi.

Le fermier veut l'entrainer, Pierrot résiste.

COLOMBINE

Oh, papa fais-lui grâce.

CASSANDRE

Soit ! qu'il vive.

PIERROT

Sauvé !... Merci... Que le ciel vous bénisse.

Il passe le nœud coulant au cou du fermier.
Colombine et Arlequin s'inclinent devant Cassandre qui les bénit
Le fermier se débarrasse de la corde.
Pierrot achève la bouteille.

RIDEAU

LA REINE S'ENNUIE

LA REINE S'ENNUIE

FANTAISIE MIMÉE

PERSONNAGES

LA REINE.
UN MÉNESTREL.

DÉCOR

Un château moyen-âge, un perron. Un jardin.

SCÈNE I

LA REINE, seule.

La reine s'avance languissamment, son visage et son attitude exprime t
un ennui profond.

Elle voit une rose si belle qu'elle va la cueillir.

Elle la regarde et la respire, mais elle est bientôt blasée, et sur la beauté
de la rose et sur son parfum. Elle la presse comme pour lui arracher
autre chose. Mais la rose n'ayant plus rien à donner, la reine dé-
pitée la déchire et foule aux pieds les pétales.

La reine s'ennuie.

Un rossignol chante. La reine l'écoute, ravie. Mais, ce n'est pas assez :
elle voudrait le tenir.

L'oiseau ne venant pas à son appel, elle lui décoche une flèche. Le

18

rossignol percé de part en part tombe aux pieds de la reine...
Enfin, elle tient l'oiselet; mais il est sans voix. Elle jette le léger
cadavre parmi les pétales de la rose déchirée.

SCÈNE II

LA REINE, UN MÉNESTREL

La reine s'ennuie. Soudain les sons d'une guitare frappent son oreille.
La mélodie est si douce qu'il semble que c'est l'âme de quelque
amoureux qui soupire...

Couplets :

Oh! j'ai mal de ne pas te voir!
Cruelle! en ces heures dolentes,
Tu finirais par t'émouvoir
    Sous mes caresses lentes.

Mon désir te cherche en tous lieux
Et je crois voir dans l'ombre grise
Le clair paradis de tes yeux,
    Où mon âme se grise.

Ma bouche, en un rêve anxieux,
Dépose, sans que tu les sentes,
Mille baisers silencieux
    Sur tes lèvres absentes.

La reine charmée cherche le ménestrel. elle le découvre non loin,
presque à ses pieds, blotti dans le feuillage.
C'est un adolescent pâle, avec de grands yeux extatiques.
Sous le regard de la reine, il se met à trembler si fort, qu'il
s'arrête de jouer.

LA REINE

Viens.

> L'enfant escalade le perron et se tient immobile, profondément
> troublé.

Qui es-tu ?

LE MÉNESTREL

Un passant.

LA REINE

Que faisais-tu là, dans ce bosquet ?

LE MÉNESTREL

Vous ayant vue, votre beauté a fait vibrer mon
cœur, et j'ai chanté.

LA REINE

Ainsi ta chanson est venue de ton cœur ?

LE MÉNESTREL

Oui.

LA REINE

Ici.

LE MÉNESTREL

Oui, il bat pour vous.

> La reine écoute les battements du cœur et semble prise d'un
> étrange caprice. Elle prend l'épingle d'or qui retient sa che-
> velure, et elle en dirige la pointe vers le cœur du ménestrel.

LE MÉNESTREL, attristé joint les mains.

Quoi, déjà ?

LA REINE

C'est mon désir.

LE MÉNESTREL

J'en mourrai.

LA REINE

Qu'importe?

LE MÉNESTREL

Au moins, laissez-moi baiser votre main !

Il lui embrasse les mains. La reine s'impatiente, frappe du pied.

Le doux ménestrel offre son sein, et la reine, souriante, intéressée, lui enfonce lentement l'épingle dans le cœur.

Le ménestrel devient plus pâle. Sentant la mort venir, il reprend son instrument, en tire quelques accords. Une fois encore la mélodie s'exhale, très faible, douce comme en un rêve, puis s'éteint.

L'âme de l'enfant s'échappe.

SCÈNE III

LA REINE, seule

L'ombre vient.

La reine a suivi avec curiosité l'agonie du ménestrel, qui, maintenant gît à ses pieds.

La reine est inquiète, le silence qui l'entoure la trouble.

Elle veut cueillir les roses, mais le rosier fait pleuvoir les fleurs et ne présente plus que des épines menaçantes.

Elle se dirige vers les arbres où se posent les rossignols, mais un vol d'oiseaux sinistres, poussant des cris effrayants, la glace d'effroi.

Elle veut entendre encore le chant du ménestrel, mais un ruisselet de sang l'empêche d'aller jusqu'à lui.

18.

Elle tombe sur son siège et rêve.

Elle croit entendre la chanson, mais la mélodie hésite et s'arrête. Plusieurs fois il en est ainsi.

La reine voudrait se rappeler... Elle ramasse la guitare, mais à peine a-t-elle touché les cordes que des notes discordantes et hurlantes s'échappent de l'instrument qu'elle rejette avec effroi.

Assise, le menton dans sa main, elle médite désespérément.

Elle regrette de n'avoir su jouir ni du parfum de la rose, ni du chant de l'oiseau, ni de l'amour de l'amant.

Elle se condamne au silence et à l'immobilité.

Et les plantes envahissent le perron, grimpent partout, ensevelissant la triste reine et ses victimes sous leurs sombres rameaux.

RIDEAU

PIERROT SAVETIER

PIERROT SAVETIER

PANTOMIME EN UN ACTE

Musique de Ch. de Sivry.

PERSONNAGES

PIERROT, savetier. . . . . . M. Charles AUBERT.
COLOMBINE en riche costume. . . Mlle GENEVIÈVE DE SIVRY.

DÉCOR

Porte au fond.

A gauche, une cheminée avec une délicieuse paire de souliers de satin blanc sur un coussin de velours.

A gauche, premier plan, une table avec tous les instruments de cordonnier.

A droite, un grand tableau représentant saint Crépin, grandeur naturelle.

A droite, premier plan, une fenêtre.

SCÈNE I

PIERROT, seul.

Assis devant sa table, il baille et s'étire...

Je n'ai pas de goût à l'ouvrage.

Il ajuste la manique et bat une semelle. Au troisième coup, il se frappe le doigt.

Aïe, que je suis bête...

> Il reprend son travail, mais, au troisième coup, il se frappe encore
> violemment.

Au diable !

> Il jette tout en l'air et se lève...
> En ce moment, les sons d'un menuet lui arrivent par la fenêtre.

Tiens, là-bas... de beaux seigneurs dansent. Qu'ils sont heureux ! (Entrainé par la musique, il danse.) Eh ! bien, suis-je fou ? Je danse au lieu de travailler... allons !...

> Il se rassied et se met en devoir de raccommoder une énorme botte
> de gendarme.
> En l'examinant, il met par mégarde le nez dans la tige... Aussitôt il défaille et éternue. Il éloigne la botte et s'évente...

Je l'ai échappé belle, quelle sale besogne ! (Allant prendre les petits souliers.) Voilà un travail délicat. Ce chef-d'œuvre... c'est moi qui l'ai fait... Pour qui ?... Pour personne... Quand je dors, je vois parfois une ravissante créature... Alors, je lui ai fait ces souliers...

> La musique du bal se fait entendre encore...

Encore cette musique qui me trouble !...

> Il se jette à genoux devant l'image...

O grand saint Crépin, donne-moi le courage de travailler....

> Soudain, à la place du saint, apparaît une adorable jeune fille...
> Il se relève, court au tableau, le saint reparaît... Pierrot se
> frotte les yeux...

Qu'est-ce donc?... J'ai la berlue!... Suis-je fou ?

Il retourne s'asseoir et reprend la botte...

C'est curieux! J'ai cru voir un délicieux visage, là...

De nouveau l'apparition s'offre à ses yeux...

Oh! mon Dieu... encore... là, là...

*Il jette la botte, court au tableau, la vision disparait. Pierrot tâte
le tableau, ses doigts ne rencontrent que la toile peinte.*

Ah! çà... c'est vrai... Je suis donc toqué !

*Il se retourne brusquement comme pour surprendre l'apparition
mais il ne rencontre que le visage de son saint patron.*

Décidement, j'ai la cervelle malade!...

*Il se remet au travail, mais cette fois en tournant le dos à
l'image.*

SCÈNE II

PIERROT, COLOMBINE

*Tout d'abord ne voyant pas Pierrot qui est courbé sur son ouvrage
Colombine va au saint et le salue gentiment, elle se retourne,
aperçoit Pierrot et l'appelle...*

*Pierrot se retourne, mais croyant être encore le jouet d'une hallucina-
tion, il baisse la tête et chasse la vision.*

PIERROT

C'est encore ma folie qui me reprend.

COLOMBINE

L'insolent!

Elle va à Pierrot et lui frappe violemment sur l'épaule.

A la vue de Colombine, Pierrot saisi d'épouvante se redresse..
Il court au tableau, regarde le saint puis la jeune fille.

PIERROT

Elle, c'est encore un esprit, un souffle.

Il va à Colombine et lui pince le bras.

COLOMBINE, lui donne un soufflet.

Est-il fou?

PIERROT

Comme elle donne bien un soufflet!

COLOMBINE, mettant le pied sur la table.

Toi, regarde.

PIERROT

Oh! le joli pied... pas plus grand que ça!

COLOMBINE

Imbécile, regarde ici, une déchirure, il faut recoudre!

PIERROT

Tout de suite. (Il veut recoudre.)

COLOMBINE, retire son pied.

Est-il bête!

Elle enlève son soulier et le pose avec force... Puis elle gagne
une chaise à droite à cloche-pied.

PIERROT

Ce soulier exquis sur mon cœur!

Le soulier s'enflamme et disparait.

19

COLOMBINE

Ciel !

> Elle s'approche, touche la cendre, regarde le public, puis Pierrot,
> puis le cœur de Pierrot sur lequel elle met le doigt, se
> brûle...

Qu'est-ce que cela signifie !

PIERROT

Voilà, dans ce tableau deux fois vous m'êtes apparue !

COLOMBINE

Moi ?

PIERROT

Oui, vous ! Puis vous êtes venue... Alors ma raison
s'est affolée... Mon cœur s'est mis à battre très fort...
Et le soulier, sur mon cœur, s'est enflammé. Pfutt,
pfutt !

COLOMBINE

C'est extraordinaire !

> Pierrot, comme malgré lui, lui prend un baiser sur la main,
> puis un autre sur la joue.

COLOMBINE, revenue à elle, se dégage.

Eh bien !... Q'est-ce que c'est ?

> En ce moment la musique du bal se fait entendre.

Là-bas... on danse... Et moi, ici, sans soulier...
Oh ! c'est à pleurer de rage !

PIERROT

Oh! la pauvrette!

COLOMBINE

C'est de votre faute, si je n'ai plus de soulier!

PIERROT

Attendez!

> Trop empressé, Pierrot lui apporte la botte du gendarme. Colombine la lui jette à la tête.

Une idée, mes souliers, je vais les lui donner.

> Il met les souliers sur la table et appelle.

COLOMBINE

Quoi?

PIERROT

Regardez.

COLOMBINE

Oh! les beaux souliers!... Ils sont pour moi?

PIERROT

Oui.

> COLOMBINE, lui jette son second soulier et chausse les neufs,
> puis elle danse toute seule.

Ces souliers sont parfaits. Merci de tout mon cœur.
Je vais là-bas danser...

> Elle remonte pour partir...

PIERROT

Elle part... O ciel! mon cœur se brise! (Il pleure.)

COLOMBINE

Qu'est-ce?... Il pleure... cela me trouble le cœur!
(Elle vient lui frapper sur l'épaule.) Qu'avez-vous?

PIERROT

Hélas! moi, je vous aime à la folie!... Vous partez... Moi, je vais me pendre!

COLOMBINE

Allons, il ne faut pas pleurer! (Elle lui essuie les yeux.)
Moi, danser avec vous!

PIERROT

Céleste créature!

Pas de deux.

PIERROT.

Toi, avec moi, marier.

COLOMBINE

Oui, jurez que vous m'aimerez toujours!

PIERROT

Jurons ensemble.

RIDEAU

NUIT DE NOCE

13.

NUIT DE NOCE

PANTOMIME EN UN ACTE

PERSONNAGES

PIERROT, costume Watteau avec flots de rubans blancs.
COLOMBINE, costume tout blanc avec profusion de fleurs d'oranger.
ARLEQUIN, costume traditionnel, puis en veau.
UN PAYSAN.

DÉCOR

Une chambre nuptiale médiocrement meublée.
Porte au fond.
A gauche un lit.
A droite une fenêtre.
A droite, au fond, un buffet.
Une table, deux chaises.
Au mur les portraits de Colombine et de Pierrot.

Accessoires.

Une pancarte avec ces mots : *Cadeau de noce de Cassandre.*
Une orange, deux valises, une clarinette, des pains à cacheter, un foulard rouge, une bouteille, un gobelet, un portrait de Pierrot, une serviette, deux bâtons de pantomime, un vase de nuit.

SCÈNE I

ARLEQUIN, seul.

Au lever du rideau la fenêtre s'ouvre doucement et Arlequin s'introduit
avec précaution dans la chambre.

Il est minuit, la fête est finie.

A la cantonade on entend les cris des invités qui reconduisent Pierrot
et Colombine.

Vivent les mariés !

Arlequin inspecte la chambre, à la vue du portrait de Pierrot, il lui
montre le poing.

Ah! le brigand! Il me prend tout mon bonheur!
C'est lui qui va épouser Colombine, la belle que
j'adore !

En ce moment, on entend des cris plus rapprochés de « Vive la
mariée ».

Ils vont venir ici, se coucher... heureux. — Oh
désespoir, ô rage... Ne trouverai-je pas une idée...
(Il réfléchit...) Oh! j'ai trouvé... (Au portrait.) Attends, je
vais te jouer un tour de ma façon. Mais la noce
revient ici, filons.

Il repasse par la fenêtre et disparaît.

SCÈNE II

COLOMBINE, PIERROT

Au lever du rideau on entend les accords un peu aigus d'une musique
de village.

La porte s'ouvre, Pierrot et Colombine paraissent.

LES INVITÉS, criant à tue-tête.

Vivent les mariés!... Vivent les mariés...

COLOMBINE, se bouchant les oreilles.

Quel vacarme! (Elle descend n° 1.)

PIERROT, aux invités invisibles.

C'est bon, c'est bon. En voilà assez. Il faut dormir. Bonsoir.

LES INVITÉS

Vivent les mariés!

PIERROT

Allez au diable! (Il ferme la porte. Il écoute.) Je n'entends plus rien... Enfin, seuls!... (Il reste au fond et regarde Colombine.)

> Colombine lui jette un regard furtif, puis se détourne, confuse. Elle baisse les yeux et n'ose faire un mouvement.
> Pierrot s'avance vers elle à pas lents. A chacun des pas de Pierrot, Colombine fait un mouvement de crainte, mais sans changer de place. Il fait le tour de sa femme. Doucement il soulève son voile et le lui enlève. Il l'examine en détail.

PIERROT

Visage adorable!... Pieds mignons! Hanches voluptueuses! Taille exquise... Lèvres fraîches et parfumées comme les roses!... Et elle est ma femme!

COLOMBINE

Oh! comme le cœur me bat!

PIERROT, enthousiasmé.

Elle! tout entière m'appartient. (Il tombe à genoux.) O ciel!... J'ai dans le cœur un trésor de reconnaissance qui s'exhale par ma bouche et monte vers toi!

Il se rapproche de Colombine et l'embrasse.

COLOMBINE, fuit au n° 2.

PIERROT, au public.

Voici l'heure du berger.

Il va au lit, défait les couvertures et tapote les oreillers.

COLOMBINE

Quel moment terrible.

PIERROT, se rapprochant de Colombine.

Écoute... maintenant il faut dormir.

COLOMBINE

Non.

PIERROT

Si, si... Tous les deux... Dans le lit.

COLOMBINE

Oh! Je n'ose y porter mes yeux.

PIERROT

Allons, il faut te déshabiller!... Je vais t'aider.

Bien qu'elle se défende un peu, rougissante, très émue, mais

toujours souriante, elle ne peut l'empêcher de lui enlever ses
fleurs d'oranger, de lui dégrafer son corsage et de le lui ôter.
— Malgré ses supplications, il lui ôte également sa jupe. Honteuse d'avoir les bras nus, elle se hâte de mettre une chemi-
sette et un bonnet Louis XV.

PIERROT, près du lit.

Pst... Pst... Viens.

COLOMBINE

Non.

PIERROT

Je t'en prie.

COLOMBINE

Non.

PIERROT, la menaçant gentiment.

Prends garde... je vais aller te chercher!... (Il s'approche.)

COLOMBINE

Grâce... Ayez pitié de moi!...

PIERROT

Tu es mon épouse... nous avons le droit de dormir
ensemble... Viens.

COLOMBINE, à part.

C'est vrai.

PIERROT

Pierrot de la main gauche lui tient la taille; de la main droite,

il lui tient la main droite... et lentement, très lentement,
s'arrêtant à chaque pas pour lui sourire, il l'entraîne à reculons
vers le lit.

Arrivé près du lit, Pierrot l'embrasse.

En ce moment, on frappe à la porte...

Colombine lui échappe et court nº 2.

Entends-tu ?... On frappe.

PIERROT

Au diable l'importun !

On frappe plus vivement.

COLOMBINE

Va donc ouvrir.

PIERROT

Quel contretemps !

Il va ouvrir. Colombine court s'envelopper dans les rideaux du lit
ne montrant que sa tête.

SCÈNE III

Les Mêmes, UN PAYSAN, puis UN VEAU

PIERROT

Eh bien quoi ?... Que voulez-vous ?

LE PAYSAN, d'un air malicieux.

Votre petite femme est déjà couchée.

PIERROT

Ce n'est pas ton affaire... Que veux-tu ?

20

LE PAYSAN, déployant une pancarte.

Lisez.

La pancarte porte cette inscription : « Cadeau de noce de Cassandre ».

PIERROT, joyeux.

Très bien... Où est le cadeau?

LE PAYSAN

Le voilà.

Il tire la corde qu'il tient à la main et amène un veau jusqu'au milieu de la scène.

COLOMBINE

Qu'est-ce que c'est que ça?

PIERROT

Tu vois bien, c'est un veau, un très beau veau.

LE PAYSAN

Une bête superbe.

PIERROT, au paysan.

Toi, retourne vers Cassandre... et exprime lui ma vive reconnaissance. Va.

LE PAYSAN

Oui... (Il détache la corde.) Et pour moi... n'y a-t-il pas un pourboire? J'ai chaud.

Pierrot lui verse un verre de vin.

Le paysan se frotte les mains avec joie.

A Colombine.

Je vais boire à votre santé.

> Pendant ce temps, Pierrot vide lui-même le verre, et va reporter
> la bouteille sur le buffet. Le paysan veut boire, trouve le verre
> vide, se fâche.

Sacrebleu, il n'y a rien !

PIERROT, a ouvert la porte.

Oh! Regarde donc là-bas.

> Le paysan va regarder, Pierrot lui donne un coup de pied qui
> l'envoie dehors.
> Pierrot referme la porte.

SCÈNE IV

COLOMBINE, LE VEAU, PIERROT

> Colombine s'approche du veau et le caresse. Le veau lève la queue
> avec politesse, puis allongeant une grande langue, il lèche la figure
> de Colombine qui s'éloigne.

COLOMBINE

Il est charmant ce veau.

PIERROT, tâtant le veau.

Et gros, et bien bâti. J'ai une idée. Demain je le
conduirai là-bas au marché, et l'on m'en donnera
un gros sac d'argent.

COLOMBINE, joyeuse.

Quelle chance ! Tu achèteras pour moi de belles

robes, de beaux chapeaux, des boucles d'oreilles, des bracelets.

PIERROT

.Oui. Et nous mangerons... et nous boirons!...

COLOMBINE, devenant pensive.

Mais, cette nuit,.. où dormira le veau ?

PIERROT

Ah! *that is the question*... Je ne sais... ici.

COLOMBINE, indiquant la droite.

Alors, tout là-bas, dans le coin.

PIERROT, allant extrême droite.

Pst, pst... Toi, viens ici... ici.

Le veau regarde Pierrot, puis Colombine.

COLOMBINE

Mais oui, va. (Le veau obéit.)

PIERROT, au veau.

Toi, couche-toi ici, et dors.

Le veau se couche, soutenant sa tête sur une patte, d'un geste gracieux et ferme les yeux. Colombine étale une serviette sur le veau. Pierrot dépose sur le front du veau un baiser paternel.

COLOMBINE

Ce veau est tout à fait aimable et bien élevé.

PIERROT, à Colombine.

A présent, tout repose autour de nous, viens dans mes bras. (Il l'enlace et la caresse.)

LE VEAU, relève la tête, regarde le groupe, puis au public.

Attends un peu mon gaillard, je vais t'aider.

Pierrot veut embrasser Colombine. — Colombine en se détournant aperçoit les gros yeux du veau qui la regarde. Elle pousse un cri et se sauve, extrême gauche.

PIERROT

Qu'as-tu?

COLOMBINE

C'est le veau qui nous regarde.

PIERROT, très ennuyé et allant au veau.

Veux-tu dormir, toi?

LE VEAU

Non.

PIERROT

Je le veux.

Il lui repose la tête sur le sol et lui ferme les paupières... Mais le veau les rouvre... Alors il lui scelle les paupières avec des pains à cacheter... Le veau les rouvre encore... Pierrot impatienté, lui donne un soufflet. Le veau lui donne une bourrade qui l'envoie rouler.. Pierrot furieux se relève et vient menacer le veau; mais, celui-ci le menaçant aussi, Pierrot juge bon de capituler.

20.

Prenons-le par la douceur, se dit-il.

Il lui fait risette et tout en le caressant il lui couvre la tête d'une serviette.

A Colombine.

Lui ne peut plus regarder, viens.

Il l'entraîne doucement vers le lit.

COLOMBINE

Eteins la chandelle.

Pierrot va pour souffler la chandelle, lorsque le veau se met à beugler lamentablement. Puis soudain, il se redresse, et regardant à droite et à gauche, il paraît chercher quelque chose. Pierrot et Colombine le regardent avec stupeur. Le veau avise les fleurs d'oranger qui sont sur la table et les avale.

COLOMBINE, désespérée.

Il a faim... Grand Dieu... Il mange mes fleurs d'oranger.

PIERROT, très en colère, au veau.

Rends les fleurs, misérable, ou je t'écrase !

COLOMBINE, au veau.

Je t'en prie, donne-les-moi...

Le veau se retourne, lève la queue dont Pierrot reçoit un coup sur le nez, et il laisse tomber une orange.

PIERROT

C'est stupéfiant.

COLOMBINE

Ce veau commence à m'agacer.

PIERROT, au veau.

Va te coucher.

Il le pousse à droite et le couche. Enfin, il lui remet la serviette
sur la tête.

PIERROT, à Colombine.

Cette fois, lui, va dormir.

Il reprend Colombine dans ses bras et la ramène vers le lit. Il va
l'embrasser lorsque de nouveau le veau pousse un beuglement
terrible.

COLOMBINE et PIERROT

Qu'est-ce qu'il y a encore?

Le veau se roule par terre en continuant ses gémissements.

COLOMBINE

Je comprends... Il a mal au ventre.

PIERROT

Attends, je vais le guérir.

Il va au veau et lui frotte le ventre. Le veau se relève, fait le tour
de la chambre, s'arrête devant le lit, se baisse, prend le vase
qui est dessous, et s'assied dessus.

COLOMBINE

Eh bien, il n'est pas gêné.

Elle se cache la figure avec ses mains.

PIERROT, furieux.

Va-t'en... lève-toi...

Le veau prend le vase et en coiffe Pierrot, après quoi il va s'asseoir sur une chaise devant la fenêtre.

COLOMBINE

Ce veau est insupportable.

PIERROT

Bast, ne nous occupons pas de lui. Et puis j'ai une idée.

Il souffle la chandelle. Nuit à la rampe, mais un magnifique rayon de lune entre par la fenêtre et s'épand par la chambre, inondant le veau d'une lumière phosphorescente... Pierrot s'agenouille devant sa femme, lui embrasse les mains.

Je t'aime... Toi, m'aimes-tu ?

COLOMBINE, confuse.

Oui.

Le veau vient de trouver une clarinette qui se trouvait sur le buffet, et, inspiré par la situation voluptueuse, à laquelle il se trouve mêlé, il exécute avec beaucoup de grâce et de poésie ce joli motif :

Si vous croyez que je vais dire
Qui j'ose aimer... etc., etc.

COLOMBINE

C'est infernal!... Je suis furieuse... Il faut chasser ce veau.

PIERROT

Attends, ça ne va pas traîner.

Il rallume la chandelle. Il s'arme d'un bâton et en donne un à Colombine. Il déploie aussi un mouchoir rouge. — Pendant ces préparatifs de combat, le veau a eu le temps d'achever son morceau. Pierrot ouvre la porte.

Va-t'en... je te chasse... T'en iras-tu?

LE VEAU

Non.

Colombine et Pierrot se précipitent sur le veau ; ils le poursuivent en le frappant. Mais dans la bagarre le pauvre Pierrot reçoit de terribles coups de la part du veau qui est très malin. A la fin, il arrache le mouchoir rouge de Pierrot et se mouche dedans. — Cependant, à un certain moment, Pierrot parvient à saisir le veau par les cornes. — Mais voici que la tête de son ennemi lui reste dans les mains. Arlequin, délivré de son horrible masque, comprend que la plaisanterie est finie. Il veut au moins profiter de cette dernière occasion. Il se dépouille à la hâte de son enveloppe et court embrasser Colombine.

PIERROT

C'était Arlequin ! J'aurais dû m'en douter.

Le bâton levé, il se précipite sur son rival ; mais Arlequin d'un bond s'élance sur la fenêtre et disparaît.

PIERROT

Enfin !... nous en voilà délivrés !... Pauvre petite femme !

En ce moment, le jour paraît ; on entend les cris de :

Vivent les mariés !

PIERROT

J'ai une idée... Partons en voyage.

COLOMBINE

Oui, partons.

Ils prennent chacun une valise et se couvrent à la hâte de vêtements de voyage.

PIERROT, à Colombine.

Viens.

COLOMBINE

Allons.

Ils remontent lorsque Colombine se ravise.

Nous oublions.

PIERROT

Quoi ?

COLOMBINE

Eh bien ! le couplet au public.

PIERROT

C'est vrai.

Il la ramene au trou du souffleur.

COLOMBINE

Mesdames, Messieurs... et vous tous,
Laissez-moi vous dire la morale de ceci.
Le jour où vous vous marierez
Ne soyez que deux pour dormir et ce sera très bien.
Mais quand on est trois, c'est bien ennuyeux.
Vous avez vu combien ce veau nous a gênés !
Et maintenant, Mesdames, Messieurs,
A vous tous des baisers.

RIDEAU

NUIT DE CARNAVAL

NUIT DE CARNAVAL

PANTOMIME EN TROIS PARTIES

Représentée pour la première fois au Cercle funambulesque
le 27 mars 1894.

Musique de M. Émile Bonnamy.

———

PERSONNAGES

LA PATRONNE DU CAFÉ.	Mmes Andrée CANTI
UNE JEUNE OUVRIÈRE.	Julie AVOCAT.
PREMIÈRE COCOTTE.	Denise PEYRAL.
SECONDE COCOTTE.	Jane HELLEN.
LE PATRON DU CAFÉ.	MM. DUREL.
PREMIER HABITUÉ.	PERRIER.
UN VIEUX MONSIEUR.	MONDOS.
UN JEUNE HOMME.	RENOUX.
PREMIER GARÇON.	Charles AUBERT.
SECOND HABITUÉ.	TERVAL
DEUXIÈME GARÇON.	FERNAL.

AGENTS, JOUEURS, CONSOMMATEURS, MASQUES ET COCOTTES.

———

21

PREMIÈRE PARTIE

DÉCOR

Un petit café de quartier blanc et or, banquettes rouges.

SCÈNE I

PIERROT, LE PATRON, LE PREMIER HABITUÉ, DEUXIÈME COCOTTE, PREMIÈRE COCOTTE, DEUXIÈME HABITUÉ

Au lever du rideau la patronne est à la caisse.

Des consommateurs hommes et femmes occupent les tables du fond, à gauche. C'est là que sert le deuxième garçon.

A la table du fond, à droite, quatre bourgeois jouent à la manille.

A une table, au centre de la scène, deux cocottes en toilettes tapageuses.

La première cocotte achève de manger une sandwich ; la deuxième cocotte fait de l'œil aux consommateurs du fond.

A la table, premier plan à gauche, devant la caisse, le patron du café et le premier habitué jouent à l'écarté.

Le premier habitué perd constamment. Des piles formidables de soucoupes s'élèvent devant lui.

A la même table, le deuxième habitué suit la partie de l'œil tout en fumant une énorme pipe.

Pierrot essuie une table à l'extrême droite tout en regardant la patronne qui est occupée à faire des comptes.

Leurs regards se rencontrent.

Pierrot esquisse discrètement un geste d'amour.

La jeune femme, très émue, baisse les yeux et détourne la tête.

PIERROT, à part.

Elle me rend fou !

En ce moment, une grave discussion s'élève à la table des manilleurs. Le premier manilleur se lève en gesticulant et en invec-
tivant son partenaire.

Sur un signe du patron, Pierrot va rétablir la paix. Le premier
manilleur lui explique le coup.

Presque aussitôt le premier habitué jette ses cartes avec colère et se lève.

LE PATRON, riant

Vous avez perdu. Ces soucoupes sont à vous.

Il lui passe encore une dizaine de soucoupes.

LE PREMIER HABITUÉ

Quelle guigne ! (Montrant les soucoupes.) Ça monte, ça monte ! (Se rasseyant) Jouons encore, voulez-vous.

LE PATRON

A vos ordres.

Cependant, les deux cocottes s'impatientent. Après avoir jeté les yeux autour d'elles, elles se regardent, dépitées.

DEUXIÈME COCOTTE

Ces types-là ne sont pas sérieux.

PREMIÈRE COCOTTE

Ici, il n'y a rien à faire. (Elle frappe sur la table.)

La patronne fait résonner le timbre et indique les cocottes à Pierrot.

PIERROT, accourant.

Que désirent ces dames ?

PREMIÈRE COCOTTE

Une sandwich ; une grosse.

PIERROT

Bien, madame. (S'adressant au patron.) Une sandwich
pour madame.

LE PATRON, à son partenaire.

Vous permettez?

LE PREMIER HABITUÉ, avec impatience.

C'est agaçant!... Enfin, allez.

> Le patron va à la table-buffet, et, s'armant d'un grand coutelas,
> découpe le jambon avec parcimonie.
> Pendant ce temps, Pierrot tournant le dos aux consommateurs
> adresse un ardent baiser à la patronne qui lui recommande
> d'être prudent.
> Le patron interrompt Pierrot en lui remettant la sandwich, et
> retourne à sa place.
> Pierrot sert la première cocotte qui se met à dévorer.

DEUXIÈME COCOTTE

Tu manges, tu manges, à la fin tu vas devenir
énorme.

PREMIÈRE COCOTTE

Ne t'en occupe pas.

> Le deuxième habitué se penche pour regarder le jeu du patron.

LE DEUXIÈME HABITUÉ

Vous devriez jouer le sept de pique.

21.

LE PREMIER HABITUÉ

Ah, non, alors, si vous donnez des conseils, j'abandonne la partie.

LE PATRON

Ne dites rien.

LE DEUXIÈME HABITUÉ

C'est bon, je me tais.

SCÈNE II

LES MÊMES, UN JEUNE HOMME, UNE JEUNE OUVRIÈRE

L'ouvrière tient un carton de modiste ; elle a l'air modeste et même un peu confuse. Le jeune homme se montre très empressé.
L'un et l'autre, à leur entrée, paraissent très intimidés.

PIERROT, voyant leur embarras.

Par ici, il y a de la place.

Il les conduit vers la table, extrême droite.

Des bocks ?

LE JEUNE HOMME

Oui, deux.

Pierrot s'élance vers l'office, deuxième plan, à gauche.
Le jeune homme saisit la main de la jeune fille et tente de la lui embrasser. Mais elle se défend et lui montre Pierrot qui vient.
Pierrot reparaît, portant deux bocks sur un plateau. Il s'arrête devant la caisse et jette deux jetons sur le marbre. Au moment

où la patronne va les ramasser, il lui saisit la main et la
presse tendrement.

Ne pouvant détacher son regard de celle qu'il aime, il s'éloigne à
reculons et se heurte au patron sur la tête duquel les bocks se
répandent.

Tous les consommateurs éclatent de rire.

LE PATRON

Imbécile !... Je suis trempé !

PIERROT, confus.

Pardonnez-moi.

LE PATRON, se secouant.

J'en ai partout.

PIERROT, l'essuyant avec sa serviette.

Je suis désolé... Mais la bière ne tache pas... Au
contraire !

LE PATRON

Butor ! Idiot ! Je te chasse.

PIERROT

Oh !. patron !

LA PATRONNE, intervenant.

Il faut lui pardonner.

Le patron hausse les épaules et retourne s'asseoir.

PIERROT, à part.

Sale bête !

Il ramasse les bocks et retourne à l'office.

Cependant l'amoureux s'est rapproché de la jeune fille. Il a formé
une sorte d'obstacle contre les regards, en posant le carton
sur la table, et, rassuré, il enlace sa tremblante conquête et
lui prend un baiser très long.

Si long que Pierrot revenant de l'office les surprend.

Mais très froid, très correct, il pose les bocks sur la table et
descend au public, pendant que les deux petits, tout interdits,
cachent leur rougeur dans leur bock.

PIERROT, au public.

Sont-ils gentils!... (Il regarde la patronne et soupire.) Ah,
si elle voulait.

Il se faufile près de la caisse et cherche à attirer l'attention de la
patronne. Mais celle-ci évite son regard.

Pierrot remonte au fond, très nerveux.

A ce moment, le patron gagne encore.

LE PREMIER HABITUÉ

Sacré tonnerre! J'ai encore perdu!

LE DEUXIÈME HABITUÉ

Il ne fallait pas jouer carreau.

LE PREMIER HABITUÉ

Vous, fichez-moi la paix!

LE PATRON

Ces soucoupes sont pour vous!

Il lui passe trois nouvelles soucoupes.

LE PREMIER HABITUÉ

Ma revanche, s'il vous plaît.

LE PATRON

Soit! Mais, nous jouons trois nouveaux bocks.

LE PREMIER HABITUÉ

C'est convenu.

LE PATRON, à Pierrot.

Trois bocks.

PIERROT

Voilà!

Il retourne à l'office
La partie recommence.
La première cocotte vient d'achever sa sandwich. Elle frappe.

DEUXIÈME COCOTTE

Que veux-tu donc?

PREMIÈRE COCOTTE

Une sandwich, parbleu.

Elle frappe

DEUXIÈME COCOTTE, lui arrêtant la main.

Un instant. As-tu de l'argent, toi?

PREMIÈRE COCOTTE

Moi, pas ça.

DEUXIÈME COCOTTE

Eh bien, moi non plus; pas ça.

PREMIÈRE COCOTTE

Diable! Et nos consommations?

DEUXIÈME COCOTTE, regardant les manilleurs.

Attends. Je vais me dévouer.

> Elle se lève, s'approche des joueurs, leur fait des agaceries, leur sourit, fait l'aimable, caresse les cheveux de l'un, la barbe de l'autre.
>
> Tous la repoussent très durement.

PREMIER MANILLEUR

Tout notre amour est pour la dame de pique.

DEUXIÈME COCOTTE, furieuse.

Tas d'abrutis. (Revenant à son amie.) Ce sont tous des panés, ma chère.

> Elle s'assied découragée.

PREMIÈRE COCOTTE

Je vais essayer de ce côté.

> Elle se lève, défripe sa robe, et jouant de l'éventail s'approche du premier habitué. De son éventail, elle lui chatouille le cou. Le premier habitué, croyant à une mouche, se donne une tape, et la première cocotte de rire. Alors elle lui frappe sur l'épaule et l'invite à venir lui parler.
>
> Après en avoir demandé la permission à son partenaire, le premier habitué se lève.

LE PREMIER HABITUÉ

Que me voulez-vous, madame?

> Au lieu de lui répondre, elle se détourne, minaude.

Elle ne fait pas un geste; mais de l'œil seulement elle lui donne à entendre des choses qui le font rougir tout en flattant son amour propre.

LE PREMIER HABITUÉ, se rengorgeant.

Certainement, vous être très aimable... mais, hélas!... Depuis longtemps, mon cœur... fini.

PREMIÈRE COCOTTE

C'est très facheux; payez-moi tout de même ces quelques consommations.

LE PREMIER HABITUÉ, avec véhémence.

Voyez donc combien j'en ai déjà!

PREMIÈRE COCOTTE

Je vous en prie!

LE PREMIER HABITUÉ

Flute!

PREMIÈRE COCOTTE, lui donnant un coup d'éventail
sur le crâne.

Va donc, hé, vieux cocu!

Le premier habitué, le deuxième habitué et le patron demeurent scandalisés.
Les deux cocottes se regardent d'un air navré.

DEUXIÈME COCOTTE

Que faire?

PREMIÈRE COCOTTE

Attends, je vais essayer d'arranger ça.

En ce moment Pierrot apporte trois bocks à la table du patron.

Pst! pst!

PIERROT

Voilà, voilà. Que désirent ces dames?

PREMIÈRE COCOTTE

Madame et moi, nous n'avons pas d'argent, je vous en prie, ces soucoupes, gardez-les.

PIERROT, faisant la grimace.

Comme c'est drôle? (Ayant fait le compte des soucoupes.) Cela fait quatre francs.

LES COCOTTES, le câlinant.

Voyons, soyez gentil. Dailleurs, nous vous payerons demain; nous le jurons.

PIERROT

Eh bien, partez.

La patronne suit cette scène avec un œil ou s'allume un feu de jalousie.

Les cocottes regardent Pierrot avec reconnaissance, puis chacune d'elles tirant sa carte, l'offre au garçon de café d'un air prometteur.

Pierrot sourit, se caresse le menton; mais son regard ayant rencontré celui de la patronne, il repousse doucement ces entrées de faveurs, et remonte en regardant celle qu'il aime. Celle-ci d'ailleurs le récompense de sa vertueuse conduite par un doux sourire.

Les cocottes se préparent à sortir.

22

SCÈNE III

Les Mêmes, UN TRÈS VIEUX MONSIEUR

Un monsieur entre, très chic, très raide, très rhumatisant, très vieux.
Pierrot lui offre la table que les cocottes viennent de quitter.

En se reculant, la deuxième cocotte s'assied par mégarde sur les
genoux du vieux qu'elle n'a pas vu entrer. Elle se relève en poussant
un cri. Le vieux beau se confond en excuses.

Le vieux et les cocottes s'examinent.

Pour mieux voir, le monsieur met un pince-nez, puis un second. Il est
saisi d'admiration.

A tour de rôle, les cocottes passent devant lui, le saluent et s'éloignent
non sans lui décocher leurs plus brûlantes œillades.

Le vieux est atteint du coup de foudre ; il frétille, il est galvanisé. Il
redemande son chapeau, s'élance sur les pas des deux jeunes
femmes, et sort à leur suite.

SCÈNE IV

Les Mêmes, moins LE VIEUX MONSIEUR et LES COCOTTES

PIERROT, contrefaisant la sortie du vieux.

Quel amoureux !

Prenant les soucoupes laissées par les cocottes :

Voilà qui est ennuyeux !

Puis s'apercevant que le patron, le premier habitué et même le
deuxième habitué se sont baissés pour ramasser une carte sous
la table, il saisit cette occasion pour poser avec adresse les
soucoupes qui l'embarrassent sur l'une des piles du premier
habitué, après quoi il vient se placer d'un air indifférent près
de la caisse.

A cet instant, les deux petits amoureux s'embrassent éperdue-
ment, croyant n'être pas vus.

Pierrot les montre à la patronne qui fait un pas hors de la caisse
pour les mieux voir. Cette vue met le trouble dans l'âme de la
jeune femme. En se retournant elle rencontre le regard de
Pierrot qui la retient au moment où elle veut remonter à la
caisse.

Tout d'abord, elle se débat ; mais Pierrot lui saisit la main, lui
enserre la taille et l'attire doucement, mais irrésistiblement
dans le recoin formé par la caisse jusqu'à ce que, mourante de
désir, elle laisse aller la tête sur l'épaule de Pierrot qui cueille
enfin un premier, un long, un ineffable baiser.

Par hasard, voici que tous les consommateurs, à la fois, veulent
régler et s'en aller. De tous côtés, on frappe sur les tables.

Mais Pierrot et la patronne ne s'en aperçoivent pas. Telle est le
trouble de leur sens qu'ils ne sauraient entendre le vacarme.

Étonné de ne plus voir ni Pierrot, ni sa femme, le patron se lève
et les cherche. Il les découvre juste au moment où ils se
désenlacent.

LE PATRON, soupçonneux.

Que faites-vous là ?

LA PATRONNE, recouvrant toute sa présence d'esprit
pour mentir.

Nous faisons des comptes... Pierrot me redoit trois
jetons.

PIERROT, tirant une poignée de jetons.

Madame se trompe.... Tenez, comptons plutôt tous
les deux.

LA PATRONNE

Oui, comptez tous les deux.

PIERROT

$3 + 5 - 4 = 10.$

LE PATRON, farouche.

Assez... Va servir les clients.

Pierrot s'empresse auprès des consommateurs.

LE PATRON, à part.

Elle et lui s'unissent pour me tromper... Mais patience, j'aurai l'œil sur eux.

Le premier habitué a payé ses consommations; il est remonté au fond où le patron va le rejoindre.

Les amoureux aussi se sont levés et se préparent à partir.

LE JEUNE HOMME

Nous nous en irons à gauche.

LA JEUNE FILLE, confuse.

Non, à droite.

LE JEUNE HOMME

Je vous en supplie.

Pierrot les interrompt pour se faire payer.

Le jeune homme paie et entraîne tendrement la jeune fille.

SCÈNE V

LES MÊMES, moins LE JEUNE HOMME et LA JEUNE OUVRIÈRE

A partir de ce moment, un grand mouvement se produit en scène.

Le deuxième garçon ramasse les soucoupes et les bocks qui traînent sur les tables et les emporte à l'office.

Pierrot commence à empiler les chaises et à les placer sur les tables.

La patronne fait résonner le timbre, et, montrant la pendule, indique qu'il est deux heures.

LE PATRON, frappant dans ses mains.

Allons, messieurs, il est deux heures; on ferme.

Il va réveiller un consommateur du fond à gauche qui s'est endormi. Le consommateur paie au deuxième garçon et s'en va.

Le deuxième garçon a ouvert la porte d'entrée, rentre les guéridons qui étaient à l'extérieur.

Par instant on voit des passants se croiser sur le trottoir.

Les consommateurs sortent peu à peu. Seuls les quatre manilleurs jouent toujours.

Deux agents se présentent à la porte, menaçant le patron d'un procès-verbal,

Voyez, il n'y a plus personne.

Par malheur, une nouvelle altercation survient entre les quatre manilleurs.

Le patron exaspéré court à eux, les arrache l'un après l'autre de leur chaise et les jette dehors tous les quatre.

Mais l'un d'eux revient et se met à ramasser les cartes pour les emporter.

Le patron le saisit énergiquement et l'entraîne dehors.

Pierrot profite de l'absence du mari pour courir à la caisse.

PIERROT, à la patronne.

Je vous en supplie, tout à l'heure, quand tout dormira, descendez ici.

LA PATRONNE

Y pensez-vous? Jamais!

22.

PIERROT

Par pitité!... Sinon, je me tuerai.

LA PATRONNE

Oh! mon Dieu!

PIERROT

Vous viendrez, n'est-ce pas?

LA PATRONNE

Prenez garde! Voici mon mari!

Pierrot s'éloigne vivement. Il enroule sa serviette autour de son cou, et se met à tourner la manivelle de la fermeture en fer qui se déroule avec un bruit bien connu.

Le patron, devant la caisse, vérifie les comptes que lui présente sa femme et met la recette dans un petit sac.

En ce moment, les deux agents reparaissent de nouveau à la porte basse pratiquée dans la devanture.

LE PATRON, à Pierrot.

Vite deux bocks.

Pierrot se précipite à l'office, rapporte deux bocks que le patron donne aux agents, et tous les trois trinquent et boivent. Pierrot remet les bocks vides au deuxième garçon pendant que le patron échange une poignée de main avec les deux agents.

Le patron referme la porte.

Le deuxième garçon apporte deux bougies allumées.

Pierrot éteint le gaz.

Le deuxième garçon amène de l'office le lit-cage pour Pierrot, l'ouvre et le met en état; après quoi il salue les patrons, serre la main de Pierrot et sort par le fond.

Le patron ferme la porte à double tour derrière lui.

Pierrot remet un bougeoir au patron et lui souhaite une bonne nuit.

Le patron lui tourne le dos sans répondre, se dirige vers le petit escalier, premier plan, extrême gauche, qui conduit aux appartements ; sur le seuil il se retourne, fait signe à sa femme de le suivre, et disparaît.

La patronne va pour monter derrière lui ; mais Pierrot lui saisit la main.

PIERROT

Vous viendrez?... Oh, de grâce !

LA PATRONNE, après avoir hésité.

Oui.

Elle disparaît à son tour.

PIERROT, seul.

Oui!... Elle a dit : oui!...

RIDEAU

DEUXIÈME PARTIE

Même décor.

SCÈNE I

PIERROT, seul.

Il n'a pas changé de place. Accoudé à la caisse, il regarde la porte par où a disparu la patronne.

Impatient, il regarde la pendule, va à la porte, y colle son oreille et écoute.

Je n'entends rien... Viendra-t-elle?

Il borde son lit, arrange la couverture, tapote les oreillers. Soudain, croyant avoir entendu du bruit, il retourne vers la porte.

Non, je me suis trompé... c'était les battements de mon cœur. Elle ne viendra pas. J'étais fou d'espérer... Elle une dame et moi un garçon de café!

Il arrache son tablier avec rage et le jette au loin.

Après un instant de réflexion, son visage s'éclaire.

Pourtant, je me souviens... Elle était là... Elle a fait un signe de consentement... Oh! la voir apparaître, la tenir dans mes bras.

Il se laisse tomber à genoux devant son lit et se tord les bras nerveusement.

Brusquement, il tressaille et relève la tête. Un craquement s'est fait entendre du côté de l'escalier.

C'est elle !

En effet, la petite porte s'ouvre lentement et la jeune femme, enveloppée d'un peignoir, apparaît.

SCÈNE II

PIERROT, LA PATRONNE

PIERROT, courant à elle.

Enfin !

LA PATRONNE

Silence !

Elle referme la porte avec précaution.

PIERROT

Lui, là haut, il dort ?

LA PATRONNE

Oui.

Pierrot l'amène au milieu de la scène et veut l'enlacer.

Oh ! j'ai peur.

PIERROT

Rassurez-vous... Tout dort autour de nous. La nuit nous protège.

Il l'entraîne vers le lit ; elle s'y assied.

Pierrot se met à genoux devant elle et, tremblant, n'osant croire à son bonheur, il lui embrasse la main, puis les bras. Il cherche à l'attirer plus près ; elle lui emprisonne les lèvres dans ses mains et se renverse.

Pourtant, elle finit par céder. Ils s'enlacent.

Tout à coup, ils pâlissent, dressant la tête, tendant l'oreille.

Un craquement s'est fait entendre du côté de l'escalier.

Maintenant, on perçoit distinctement le pas lourd de quelqu'un qui descend.

Paralysés par la terreur, Pierrot et la patronne ne font pas un mouvement, et, les yeux agrandis par l'épouvante, ils voient la porte s'ouvrir, laissant apparaître le patron, vêtu seulement d'une chemise et d'un pantalon.

La porte s'ouvre; le mari paraît, fouillant du regard la demi-obscurité du café qui n'est plus éclairé que par la faible lueur d'une bougie. Il fait quelques pas, et, presque à ses pieds, il voit enfin le groupe des amants pantelants de peur.

Alors il fait un geste de fureur, ouvre le tiroir de la caisse, y prend un revolver et tire sur les deux coupables.

L'imminence du danger rend à ceux-ci la force d'agir.

En rampant, la jeune femme se blottit derrière le lit.

Pierrot, affolé, se précipite vers la porte d'entrée; mais il ne peut l'ouvrir.

Le mari outragé le poursuit et tire encore. Enfin, se voyant perdu, Pierrot saisit le coutelas qui sert à découper le jambon, se retourne, arrête le bras du patron, qui l'ajuste encore, et le frappe à la gorge.

Ce dernier pousse un affreux gémissement, tombe et meurt.

Pierrot détourne son regard, et, chancelant, il s'appuie à une table.

Pendant longtemps, il ne fait pas un mouvement; obliquement, il regarde sa victime avec stupeur.

La patronne, toujours accroupie derrière le lit, se ranime peu à peu, et, attirée par une atroce curiosité, avance la tête et contemple, effarée, le cadavre de son mari.

Soudain, des coups retentissants résonnent sur la devanture en fer.

Les deux misérables tressaillent jusqu'au plus profond de leur être.

La jeune femme se renverse sur le lit, sans connaissance.

Pierrot laisse échapper le coutelas et se tord en une indicible épouvante.

Aussitôt des éclats de rire se font entendre ; des voix d'hommes et de femmes entonnent ce trivial refrain :

Oh, la la, c'tte gueule, c'tte binette, ah ! la la, c'tte gueule qu'il a !

Les voix s'éloignent et s'éloignent.

Pierrot pousse un soupir de soulagement.

Ce sont des noceurs qui passent.

Il jette encore un regard autour de lui ; cherche des yeux sa complice et va jusqu'à elle en faisant un détour pour éviter le corps rigide du patron.

Il relève la jeune femme et cherche à la ranimer.

Allons, debout.

LA PATRONNE

Mon Dieu !... Qu'allons-nous devenir ?

Il lui prend la tête dans ses bras, cherchant à lui éviter la vue du cadavre qui les attire l'un et l'autre irrésistiblement.

PIERROT

Du calme.

LA PATRONNE, s'affolant.

Il faut fuir !

PIERROT, la relevant avec une sauvage énergie.

Il faut rester... D'ailleurs, j'ai une idée.

Il ouvre la trappe qui conduit à la cave, et, d'un geste sinistre, il montre alternativement le cadavre et le gouffre.

RIDEAU

TROISIÈME PARTIE

Même décor. — Six jours après.

——

SCÈNE I

Comme à la première partie, le café est plein de consommateurs.

Les quatre manilleurs sont à leur place habituelle.

Le deuxième garçon sert partout, même au premier plan.

Au fond, une pancarte avec ces mots :

MARDI GRAS. — *L'établissement restera ouvert toute la nuit.*

La patronne est à la caisse.

Pierrot superbement vêtu, couvert de bijoux, va et vient d'un air d'importance. Il fume un gros cigare et se verse fréquemment de la chartreuse.

Au lever du rideau, le deuxième habitué, installé au fond, frappe sur la table.

Le deuxième garçon, occupé à lire les faits divers, premier plan, à droite, n'entend pas.

Pierrot court à lui et lui frappe sur l'épaule.

PIERROT

Tu es donc sourd ! On frappe là-bas. (Au public.) Quelles rosses que ces garçons de café.

Il retourne à la caisse et se verse un autre verre de chartreuse, qu'il avale, après quoi il va consulter le calendrier.

PIERROT, comptant sur ses doigts.

Déjà six jours !

23

La patronne lui cache le calendrier, cherchant à détourner sa pensée.

SCÈNE II

Les Mêmes, LE PREMIER HABITUÉ

Le premier habitué accroche son chapeau, salue la patronne, lui baise la main et serre la main de Pierrot.

LE PREMIER HABITUÉ

Eh bien, et le gros patron, est-il revenu?

LA PATRONNE, très troublée.

Hein... non, non.

PIERROT, s'avançant vivement.

Le patron a la toquade des voyages, des chemins de fer... mais, il nous écrit souvent. (A la patronne.) N'est-ce pas, madame?

LA PATRONNE, avec effort.

Oui... oui... il écrit...

PIERROT, allant chercher une sphère de géographie.

D'abord, il est allé en Suisse, puis en Italie. En ce moment, il est à Naples. Il a dans l'idée de visiter la Grèce, la Russie, la Perse, la Chine. Enfin, il fera le tour du monde.

LE PREMIER HABITUÉ

Oh oh!

LE DEUXIÈME HABITUÉ

Le tour du monde?

PIERROT

Tout le tour, oui... voilà.

Il va reporter la sphère à la caisse et se rapproche de la
patronne.

LE PREMIER HABITUÉ, à part.

C'est bien singulier.

LE DEUXIÈME HABITUÉ

Hein, le tour du monde!

En ce moment Pierrot et la patronne se regardent amoureuse-
ment, se tenant les mains. Le premier habitué, qui les surprend ainsi, les montre au deuxième habitué.

LE PREMIER HABITUÉ

Voyez. J'ignore si le patron fait le tour du monde;
mais ce que je sais très bien, c'est qu'il est cornard.

LE DEUXIÈME HABITUÉ

Cornard!

LE PREMIER HABITUÉ

Quant à Pierrot, si bien vêtu, avec des bijoux partout... il me fait l'effet d'un vilain monsieur.

Les deux amis remontent en riant, s'installent à un guéridon, se
font servir de la bière et parcourent les journaux, sans cesser
d'observer les mouvements de Pierrot et de la patronne.

SCÈNE III

LES MÊMES, LA JEUNE OUVRIÈRE

Vêtue comme à la première partie, mais plus pâle et plus triste, la
jeune fille entre timidement et paraît chercher quelqu'un.

PIERROT, allant à elle.

Que désirez-vous?

L'OUVRIÈRE

Un jeune homme... D'après cette lettre, il devait
m'attendre ici... et je ne le vois pas.

PIERROT

Attendez-le... Asseyez-vous là. (Il lui indique une table
au premier plan à droite.) Servez madame.

LE DEUXIÈME GARÇON

Que faut-il vous servir?

L'OUVRIÈRE, avec embarras.

Rien... rien...

LE DEUXIÈME GARÇON, remontant.

En voilà une cliente!

L'OUVRIÈRE, à part.

Oh! j'ai peur qu'il ne vienne pas... Dans cette
lettre, je ne retrouve plus son cœur.

Elle relit la lettre.
Pierrot s'est adossé à la caisse d'un air songeur.

SCÈNE IV

LES MÊMES, QUELQUES MASQUES

En ce moment, l'orchestre fait entendre le motif de : *Oh la la c'lle gueul', c'lle binette* : quelques masques font irruption dans le café et commandent des bocks en faisant grand bruit.

La patronne et Pierrot ont tressailli.

La patronne recouvre vite son sang-froid ; mais Pierrot, halluciné, fixe obstinément le sol à l'endroit où le patron est tombé. Croyant voir du sang, agissant comme dans un rêve, il prend une serviette, en mouille un coin, et, s'agenouillant, il s'efforce de faire disparaître la tache sanglante ; il gratte même avec ses ongles.

LE PREMIER HABITUÉ, à son ami.

Voyez donc !... Que fait-il ?

La patronne, qui suit tous les mouvements de Pierrot avec inquiétude, descend de la caisse, prend le jeune homme par le bras et le force à se relever.

LA PATRONNE, lui passant la main sur le front.

Qu'as-tu donc ?

PIERROT, comme se réveillant.

Hein... Moi ? Rien. Rassure-toi.

Il la reconduit à la caisse, et disparaît par la porte de l'office.

SCÈNE V

LES MÊMES, LES DEUX COCOTTES, LE TRÈS VIEUX MONSIEUR

Les cocottes sont costumées comme pour un bal masqué ; le vieux est affublé d'un faux-nez.

23.

Ils entrent tous les trois en dansant; arrivés devant le trou du
souffleur, ils forment un groupe, le vieux gracieusement appuyé sur
un genou.

Malheureusement, il lui est impossible de se relever seul. Il implore
le secours de ses deux amies. En riant, celle-ci l'aident à se remettre
debout.

Le vieux les remercie chaleureusement l'une après l'autre et veut les
embrasser. Mais la deuxième cocotte s'y refuse.

DEUXIÈME COCOTTE, résolument.

Nous voulons être fixées. Laquelle de nous deux
aimez-vous? Il faut choisir, elle ou moi.

PREMIÈRE COCOTTE

Oui. Il faut choisir, elle ou moi.

LE VIEUX

Eh bien, je vais me prononcer.

LES COCOTTES

Enfin.

LE VIEUX, désignant la première cocotte.

Celle-ci m'attire, par son sourire
Et par ses formes voluptueuses... mais...
Elle aime trop les sandwichs!
Elle mange, elle mange d'une manière inquiétante...

Je regarde celle-ci, je regarde celle-là,
Je pèse, j'examine, je compare, je...

LES COCOTTES

Eh bien?

LE VIEUX

Ma foi, j'hésite à faire un choix.

Désignant la deuxième cocotte.

Celle-ci m'enchante par sa poésie et sa sveltesse,
Sa bouche est une rose qui s'ouvre et dont le parfum
Mais... Elle aime trop le champagne,   [m'enivre
Elle boit, elle boit... puis elle bat la campagne.

Je regarde celle-ci, je regarde celle-là,
Je pèse, j'examine, je compare, je...

LES COCOTTES

Eh bien?

LE VIEUX

Eh bien, je vous choisis toutes les deux!

LES CONSOMMATEURS

Bravo! Quel gaillard!

LE VIEUX

Allons, venez dans mes bras.

*Le vieux et les deux cocottes remontent en dansant. Ces der-
nières montent sur une table et font grand bruit.
La patronne éperdue sonne désespérément.*

LA PATRONNE, *au deuxième garçon.*

Faites donc cesser ce vacarme.

LE DEUXIÈME GARÇON

De grâce, un peu de silence. Que faut-il vous servir?

LA DEUXIÈME COCOTTE

Du champagne comme s'il en pleuvait!

LE VIEUX

Une brique chaude.

LA PREMIÈRE COCOTTE

Une sandwich.

LE DEUXIÈME GARÇON, à Pierrot.

Une sandwich pour madame.

PIERROT

Bien.

> Très souriant, Pierrot dépose son cigare, s'empare du coutelas et se dispose à couper une tranche de jambon quand, tout à coup, l'orchestre attaque clairement le sinistre motif.
>
> Aussitôt le malheureux se met à trembler, il regarde le coutelas avec horreur, se rappelle son crime et jette l'arme loin de lui. Reculant jusqu'à la caisse, il s'y blottit en se cachant le visage.
>
> La patronne vient à Pierrot, lui découvre le visage et le caresse.

LE PREMIER HABITUÉ

Qu'est-ce qu'il a donc?

LA PATRONNE

Ce n'est rien, il a mal à la tête. (Au deuxième garçon.) Ramassez ce couteau et faites vous-même la sandwich. (Revenant à Pierrot.) Prends garde! On nous observe!

PIERROT

Rassure-toi ; c'est fini.

LA PATRONNE

Sors... Promène-toi. (Elle lui offre sa canne et son chapeau.)

PIERROT, la repoussant.

Laisse-moi.

LE PREMIER HABITUÉ, à Pierrot.

Vous avez mal à la tête?

PIERROT, s'efforçant de dissimuler l'angoisse qui le dévore.

Oui... Cela me tient tout le crâne.

Il remonte.

Le premier habitué reprend sa place.

SCÈNE VI

LES MÊMES, moins PIERROT

Après avoir lu et relu sa pauvre lettre, la jeune fille se lève désespérée :

L'OUVRIÈRE

Maintenant, il est trop tard... Il ne viendra pas. Il m'a oubliée.

Elle sanglotte.

Les deux cocottes, qui l'observent depuis un moment, vont à elle, lui essuient les yeux, lui mettent de la poudre de riz, la carressent et l'interrogent.

Celui que j'aime, qui a de petites moustaches, m'a écrit... et il n'est pas venu...

DEUXIÈME COCOTTE

Peines de cœur, je connais ça.

PREMIÈRE COCOTTE

Les hommes... Oh la la! Des canailles! Faut s'en moquer. Venez boire un verre de champagne.

LES COCOTTES

Inutile de résister... Venez. (Elles l'entraînent.)

LE VIEUX

Certainement, mademoiselle, il faut accepter.

LA PREMIÈRE COCOTTE

Il faut aussi que le patron trinque avec nous.

PIERROT

Avec plaisir... A votre santé.

Tout le monde trinque.

SCÈNE VII

LES MÊMES, UNE BANDE DE MASQUES

L'orchestre reprend le fameux motif avec furie; une bande de gens masqués et costumés envahissent le café et se mettent à danser

En proie au cauchemar qui le torture, Pierrot est saisi d'un nouvel
accès. L'un des masques, costumé en chicard, lui rappelle vague-
ment un gendarme; plus il le fuit, plus l'autre le poursuit de sa
bruyante gaieté.

Surchargé de terreur, Pierrot s'affaise sur une chaise, premier plan, à
droite. Ses yeux hagards, où se reflète l'effroyable obsession, se
tournent de tous côtés.

Soudain, une apparition, visible pour lui seul, lui arrache un cri.
Croyant voir son ancien patron sanglant et la gorge trouée, Pierrot
se redresse, se recule, avec des gestes de fou et vient s'abattre aux
pieds de la patronne qui s'est avancée anxieuse, et se pelotonne
comme une bête traquée.

Les consommateurs stupéfaits ont abandonné les tables, tous les yeux
sont fixés sur Pierrot.

La patronne est prise d'une mortelle appréhension.

LA PATRONNE, à part.

Qu'allons-nous devenir? Si ces gens devinaient la
vérité !

Elle cherche à relever son amant.
Toujours détournant la tête, Pierrot indique l'extrême droite.

PIERROT

Là... Là...

LA PATRONNE

Là, il n'y a rien... Calme-toi... Tiens, regarde.

PIERROT, regardant craintivement.

C'est vrai, rien... (Il se relève, fait deux pas, s'assure de
son erreur.) Non rien... Je ne sais plus. J'ai le délire...
(Aux gens qui l'entourent.) La tête m'a tourné. Ce n'est
rien.

Il va à la caisse et se verse un petit verre.

LE PREMIER HABITUÉ, à la patronne.

Il boit trop ; il va se griser.

LA PATRONNE, saisissant cette explication avec empressement.

Oui, oui... C'est cela ; il est gris.

Elle va à Pierrot qui la repousse brutalement.
Épouvantée, elle n'ose plus faire un mouvement.

LE PREMIER HABITUÉ, à Pierrot.

Vous devriez aller dormir.

PIERROT, la main crispée comme s'il revivait la scène du crime.

Hein, quoi ?

LE PREMIER HABITUÉ

Vous devriez aller dormir.

En rencontrant le regard du premier habitué, Pierrot tressaille
et tente de dissimuler l'horrible pensée qui le torture.

PIERROT, s'efforçant de sourire.

Dormir... oui, oui, vous avez raison.

Il regarde autour de lui avec terreur.

Dormir... oui, j'y vais.

Il fait quelques pas vers la petite porte qui conduit à l'appartement ; mais soudain, il s'arrête, paralysé, les yeux affreuse-
ment dilatés, comme s'il percevait au delà de la porte quelque
monstrueuse vision.
Il retient son souffle et prête l'oreille.
Des craquements se font entendre du côté de l'escalier. C'est le
bruit que ferait quelqu'un en descendant très lentement.
Et voici ce qu'il croit voir :

24

La porte s'ouvre. Le patron apparaît tel qu'il s'est montré à lui pendant la fatale nuit.

La gorge trouée, la chemise sanglante, le regard fixe, il marche sur Pierrot qui recule et fuit éperdu à travers les consommateurs stupéfaits.

PIERROT, allant de l'un à l'autre.

Ah, ah! Vous l'avez vu!... Hein?... Non?... Allons donc, vous vous moquez, vous l'avez très bien vu!

LA PATRONNE, aux assistants.

Ne l'écoutez pas... Il est fou! (A Pierrot.) Tais-toi, tais-toi!

PIERROT, la repoussant.

Il est venu là... Je l'ai frappé à la gorge.

LE PREMIER HABITUÉ, au deuxième habitué.

Il s'est commis un crime ici... Allez chercher la police.

Le deuxième habitué sort.

PIERROT, continuant.

Il est tombé ici... et je l'ai caché dans cette cave, voyez!

Il ouvre la trappe et indique un endroit de la cave.

Tous les assistants se penchent sur le gouffre béant; le deuxième garçon y descend.

LA PATRONNE

Nous sommes perdus... Il ne me reste qu'à fuir.

Elle remonte précipitamment; mais le premier habitué, qui l'observe, l'arrête par le bras.

LE PREMIER HABITUÉ, impérieusement.

Restez.

En ce moment, le deuxième habitué revient accompagné de
deux agents.

LE DEUXIÈME GARÇON, remontant, tremblant d'effroi.

Oui, j'ai vu... Là, à droite... C'est horrible !

LE PREMIER HABITUÉ

Écoutez tous. J'accuse la patronne et Pierrot d'avoir
assassiné le patron de ce café. (Aux agents.) Arrêtez-
les.

L'un des agents s'empare de la patronne et l'autre s'assure de
Pierrot.

La patronne s'évanouit.

Quant à Pierrot, délivré enfin de l'obsession qui le torturait, il
éprouve une sorte de soulagement à rentrer dans la vie
réelle, en dépit du châtiment qui l'attend.

RIDEAU

PARIS-SPORT

PARIS-SPORT

PANTOMIME EN TROIS ACTES

Représentée pour la première fois à Paris, au théâtre
de la Comédie Parisienne, le 8 mai 1895.

Musique de M. Émile Bonnamy.

PERSONNAGES

MONSIEUR.	M. Charles AUBERT.
MADAME.	Mmes Julie AVOCAT.
LA BONNE	Andrée CANTI.
LE PROPRIÉTAIRE	MM. FRANCÈS.
LE CONCIERGE.	OZANNE.
UN COCHER.	FRANÇOIS.

UNE FEMME DE CHAMBRE, UN DOMESTIQUE, DEUX EMPLOYÉS.

ACTE PREMIER

DÉCOR

Une salle à manger aux meubles disparates.
Un piano et divers bibelots indiquent que la pièce sert également
de salon. Un tableau noir; sur un meuble une collection de

Paris-Sport; aux murs, des gravures représentant des chevaux de course.

SCÈNE 1

MADAME, puis LA BONNE

Au lever du rideau, le couvert est mis, madame se tient près de la fenêtre, guettant l'arrivée de son mari.

MADAME

Il n'arrivera donc pas.

Elle remonte la lampe et va consulter la pendule.

Comme il est tard! c'est insupportable.

Elle sonne et retourne à la fenêtre.

Rien... Et la bonne qui fait la sourde!

Elle sonne encore.
La bonne paraît venant de la cuisine.

MADAME

Arrivez donc!... Je sonne, je sonne.

LA BONNE, froidement agressive.

Me voilà.

MADAME

Servez.

LA BONNE

Non.

MADAME

Hein... que signifie?

LA BONNE

Pas d'argent, pas de dîner.

MADAME

Insolente !

LA BONNE

Tout doux... Voyez plutôt les notes des fournis-
seurs.

Elle lui donne plusieurs livres très usés.

Il faut de l'argent à tous ces gens là.

Madame examine les totaux et reste atterrée.
La bonne feuillette négligemment la collection de Paris-Sport.

MADAME, avec fureur, indiquant les gravures
qui ornent la muraille

Oh, les courses maudites ! Voilà le résultat... ne
plus manger !

Elle arrache des mains de la bonne quelques numéros de Paris-
Sport, les jette sur le sol et les foule sous ses pieds.

LA BONNE

En voilà des manières !

MADAME

Si vous n'êtes pas contente, vous pouvez déguerpir,

LA BONNE, faisant une révérence ironique.

Avec plaisir... Mais payez-moi d'abord.

MADAME

Quelle torture !

La bonne ramasse les journaux.
Monsieur paraît.

SCÈNE II

LES MÊMES, MONSIEUR

Très sombre et très énervé, monsieur vient se laisser tomber sur une
chaise, devant la table.

MADAME, à part.

Oh, mon Dieu ! il a encore perdu !

Très complaisante, la bonne vient prendre la canne et le chapeau de monsieur.
Après un instant d'immobilité, monsieur relève la tête.

MONSIEUR

Eh bien, dîne-t-on ?

MADAME

Non, ici, on ne mange plus.

MONSIEUR

Comment cela ?

MADAME, lui donnant les livres de comptes.

Il faut de l'argent pour le boulanger, le boucher,
l'épicier, sinon, plus rien.

MONSIEUR

Diable.

Il jette un coup d'œil sur les livres et les repousse avec colère.

MADAME

Te reste-t-il quelque chose !... Il faut manger pourtant.

MONSIEUR

Hélas, non ! Tiens, voilà tout ce que j'ai.

Il sort des poignées de tickets de ses poches.

Je n'en ai pas touché un seul... La guigne quoi, la guigne !

LA BONNE, à part.

Pauvre monsieur.

Madame hausse les épaules, puis allant prendre son porte-monnaie
sur la cheminée, elle en verse le contenu sur la table.

MADAME

Voilà tout ce que j'ai... C'est bien peu... Et toi ?

Monsieur retrouve quelques sous et les jette à la masse.

MADAME, à la bonne.

Prenez cela et tâchez de nous faire dîner.

LA BONNE

C'est maigre... Enfin, je ferai ce que je pourrai.

Elle avance la main pour prendre l'argent.
On sonne.
La bonne va ouvrir.

SCÈNE III

LES MÊMES, UN COCHER

LE COCHER, désignant monsieur.

Voilà mon client !... c'est lui !

MONSIEUR

Sacrebleu !... Je l'avais oublié, celui-là !

LE COCHER, s'avançant.

Dites donc, mon bourgeois, faudrait voir à me payer.

MONSIEUR, prenant tout l'argent qui se trouve sur la table
et le donnant au cocher.

Prenez et filez.

LE COCHER, après avoir compté.

Oh, mais ça ne fait pas mon compte !

Tirant sa montre et la mettant sous le nez de monsieur.

Voyez vous-même ; faudrait pas avoir l'air de vous ficher de moi.

Il brandit son fouet.

MONSIEUR

Quel butor ! (A la bonne.) Vous n'auriez pas quelque chose ?

LA BONNE, lui donnant un franc.

Voilà monsieur.

MONSIEUR, payant le cocher.

Voilà votre compte.

LE COCHER

Comme ça, ça peut aller... mais et le pourboire?

MONSIEUR

Allez, allez.

LE COCHER, très méprisant.

Sale client, va! Hue, cocotte!

Il lève les épaules, fait claquer son fouet et sort.

SCÈNE IV

LES MÊMES, moins LE COCHER

Monsieur, madame et la bonne font triste mine.
Madame se résigne la première.

MADAME, à la bonne.

Enlevez le couvert.

La bonne débarrasse la table, non sans jeter de fréquents coups
d'œil à monsieur qu'elle semble plaindre et admirer.

Monsieur tire de sa poche le dernier numéro de *Paris-Sport*, et,
debout devant le tableau noir, il se livre à de profonds
calculs.

Madame fait un mouvement d'impatience, se met au piano et
commence une valse.

On sonne.

La bonne va ouvrir.

25

SCÈNE V

LES MÊMES, DEUX EMPLOYÉS DE LA MAISON PLEYEL

LA BONNE

Monsieur, ces hommes désirent vous parler.

MONSIEUR

Que voulez-vous?

PREMIER EMPLOYÉ

Monsieur, c'est la facture pour le piano.

MONSIEUR

Impossible aujourd'hui... je n'ai pas d'argent.

Madame joue toujours.

PREMIER EMPLOYÉ

Je suis désolé... j'ai des ordres sévères... Il faut de l'argent ou le piano.

MONSIEUR

. Eh bien emportez-le! (Il retourne au tableau noir.)

PREMIER EMPLOYÉ, au deuxième employé.

Allons, hop! Enlevons! (A madame.) Je vous demande pardon.

Madame ne le voyant pas joue toujours.

Les deux employés se décident alors à enlever le piano, au grand ahurissement de madame qui reste les mains dans le vide, regardant disparaître l'instrument.

MONSIEUR, à madame.

C'est ennuyeux, mais je n'y puis rien.

Il retourne au tableau noir. — Madame reste accablée.

LA BONNE, à part.

C'est bien fait!... cette chipie m'agaçait avec son piano !

Monsieur a inscrit quelques noms de chevaux et, en regard, des chiffres.

MONSIEUR

Quelle guigne !

LA BONNE

Friponnette n'est donc pas arrivée ?

MONSIEUR

Non, elle a été tirée. J'en avais pris pour deux louis. Oh la guigne !

Madame hausse les épaules avec mépris.

LA BONNE

Vous gagnerez une autre fois. A la course de demain.

Monsieur efface les noms qui sont au tableau et commence à copier ceux de la course du lendemain.

LA BONNE, dès le premier nom.

Celui-ci est un bon cheval.

MONSIEUR

Oui, pas mauvais.

LA BONNE

Mais j'ai un tuyau.

MONSIEUR, vivement.

Vrai.

LA BONNE

Celui-ci.

Elle prend la craie des mains de monsieur et écrit :

Jus d'Oseille, gagnant.

MONSIEUR

Tu es sûre?

LA BONNE

Oui, j'en fais le serment!

MADAME, exaspérée.

Comment elle s'en mêle aussi! Ah! c'est trop fort! (A la bonne.) Débarrassez votre table et allez à la cuisine!

LA BONNE

Mais, madame.

MADAME

Allez, allez...

LA BONNE, à part.

Toi, tu me le payeras!

Elle enlève le couvert et disparaît au fond, à droite.

SCÈNE VI

MONSIEUR, MADAME, puis LE CONCIERGE

Monsieur fait une sorte d'inventaire ; il visite les meubles et les tiroirs.

MONSIEUR

Rien, plus rien. Il me faut de l'argent pourtant.

Il retourne au tableau et fait ses calculs.

MADAME

Voyons, mon ami, à quoi bon écrire.tout cela ?
Nous n'avons plus d'argent, les courses nous ont
tout pris. Je t'en prie laisse cela.

MONSIEUR

Aie confiance... Je le sens, je gagnerai !

MADAME

La maison se vide... Tout est parti, le piano, la
montre. Nous ne pouvons plus manger !

Voilà tout ce que tu apportes... des tickets... Bientôt, nous serons obligés d'aller mendier.

MONSIEUR

Je te dis que ces trois chevaux sont sûrs : Jus-
d'Oseille, Mégot et Oblique II.

En ce moment, on frappe, la porte s'ouvre.

Le concierge paraît, il ôte sa casquette et salue.

Qu'est-ce que vous voulez ?

25.

LE CONCIERGE

Pardon, monsieur... C'est pour la quittance.

MONSIEUR, à part.

Bon, encore une tuile. (Au concierge.) Oui, oui, attendez, plus tard.

LE CONCIERGE

C'est la troisième fois que je viens, il faut payer.

MONSIEUR

Vous m'ennuyez ! Je n'ai pas d'argent.

LE CONCIERGE

Pas d'argent !

Il prend une mine méprisante et remet sa casquette.

Eh bien, tâchez d'en trouver de l'argent, sinon... prout, prout, il faudra déguerpir.

MONSIEUR, agacé.

Insolent !

Il arrache la casquette du concierge et l'envoie rouler dans l'antichambre.

LE CONCIERGE, indigné.

Monsieur, vous me payerez cela !

Monsieur le saisit par les épaules et le jette dehors.

SCÈNE VII

MONSIEUR, MADAME

Monsieur découragé, très triste, va s'asseoir, premier plan, à gauche.
Doucement madame s'approche de lui. Elle lui passe ses bras autour
du cou et l'embrasse.
Monsieur la repousse.

MADAME

Méchant, tu ne m'aimes plus.

MONSIEUR

Oh, tu m'ennuies !

MADAME

Ta pensée c'est pour Jus-d'Oseille, moi, je ne suis
plus rien. (Prenant le calendrier.) Cette année, chacun
de ces feuillets fait couler mes larmes.

Elle s'essuie les yeux.

MONSIEUR

Dieu ! que c'est rasoir une femme !

Madame ouvre le secrétaire et en tire un coffret, puis elle vient
s'accroupir sur un tabouret, aux pieds de son mari. Elle ouvre
le coffret, en retire un bouquet de fleurs d'oranger et les
feuillets éphémérides de l'almanach de l'année précédente.

MADAME

Je me rappelle... l'année passée, chacun de ses
feuillets était doux à mon cœur, tu m'aimais...
Souviens-toi combien nous étions heureux.

MONSIEUR

Mais oui, mais oui.

MADAME

A présent, ton visage est morose.

MONSIEUR

Parbleu! quand on n'a plus d'argent.

MADAME

Bast! tout s'arrangera. Tiens, voilà les pauvres petits bouquets que tu me donnais... Je les ai tous, tous, tous.

Machinalement monsieur jette un regard sur les pauvres reliques; soudain, il tressaille, sa main plonge dans le coffret et en retire un bracelet et un collier.

MONSIEUR

Ces bijoux! Je les avais oubliés!...

MADAME, avec véhémence.

Ah non!

D'un geste rapide elle lui reprend les bijoux.

MONSIEUR, très câlin.

Ecoute, sois gentille... Donne-moi ces bijoux. J'en aurai de l'argent que je jouerai sur ces trois chevaux. Je gagnerais gros comme cela.

MADAME, très résolue.

Jamais, jamais!

MONSIEUR

Gros comme cela, te dis-je... voyons, je t'en prie.

MADAME

Non, non. Inutile d'insister.

MONSIEUR, furieux.

Je les veux !

MADAME

Tu es fou.

MONSIEUR

Il me les faut... Je les aurai.

Il s'avance sur sa femme.
La bonne paraît et reste au fond, observant la scène.

SCÈNE VIII

LES MÊMES, LA BONNE

MADAME

Tu ne les auras pas.

Elle veut s'enfuir.

MONSIEUR, l'arrêtant par le bras.

Donne, je l'exige.

MADAME

Non, jamais.

Monsieur lui serre les poignets et tente de lui faire lâcher prise.
Madame lui mord la main.
Monsieur prend sa canne et la lève sur sa femme.

LA BONNE, arrêtant le bras de monsieur.

Oh, monsieur!

MADAME, exaspérée.

Désormais, tout est fini entre nous. Dans cette chambre je dormirai; vous là-bas.

Elle indique la porte, premier plan, à droite.

Elle sort, deuxième plan, à gauche.

SCÈNE IX

MONSIEUR, LA BONNE

MONSIEUR

Que le diable l'emporte!

Il retourne au tableau noir et étudie une martingale.

La bonne regarde la porte de madame, examine monsieur et sourit. Puis elle va ouvrir la porte du premier plan, à droite.

LA BONNE

Alors, monsieur va coucher là!

MONSIEUR

Oui.

En ce moment, madame paraît; elle tend à la bonne un oreiller et la chemise de nuit de monsieur et disparaît.

LA BONNE, à monsieur.

Vous voyez; c'est sérieux.

MONSIEUR

Je m'en moque.

La bonne va porter l'oreiller et la chemise dans la chambre de droite et revient aussitôt.

LA BONNE

Là, tout seul, vous aurez froid, et vous n'avez pas mangé...

MONSIEUR

Tant pis.

LA BONNE

Attendez.

> Elle disparaît un instant dans la cuisine et revient rapportant une perdrix, une bouteille de vin et son bougeoir, qu'elle pose sur la table.

> Prudemment, elle attire l'attention de monsieur et lui fait signe de se taire.

MONSIEUR

Quel fumet !... Tu me gâtes.

> La bonne va poser le souper dans la chambre.

LA BONNE, revenant.

A présent, allez souper et dormir.

MONSIEUR

Oui, j'y vais, mais auparavant, vois ce résultat : avec un louis, à la quatrième course, je gagne quatre vingts louis.

LA BONNE

C'est magnifique.

MONSIEUR

Quel dommage ! Pas d'argent... et ma femme qui ne veut rien entendre... Quelle sotte ! Enfin.

> Il se dirige vers la chambre de droite.

> Au moment où il va entrer, la bonne le retient par sa manche.

MONSIEUR

Qu'est-ce?

LA BONNE, confidentiellement.

Chut... moi, j'ai quelques économies.

D'un vieux porte-monnaie, elle tire une trentaine de francs en menues pièces blanches.

Si monsieur voulait...

MONSIEUR

Oh, non, tu es bien gentille... je te remercie... Mais, je ne veux pas.

LA BONNE

Je vous en prie, acceptez.

MONSIEUR

Non, non, garde cela.

LA BONNE

Eh bien, attendez; ce sera pour nous deux, cinquante pour cent pour l'un, cinquante pour cent pour l'autre.

MONSIEUR, hésitant.

Oh!... non.

LA BONNE

C'est que vous me méprisez.

Elle fait semblant d'essuyer une larme.

26

MONSIEUR, à part.

Pauvre petite... Elle a du cœur! (A la bonne.) Allons, ne pleure pas.

Doucement, il lui enlève les mains de ses yeux et la caresse.

LA BONNE

Alors, prenez.

MONSIEUR

Soit.

Il ramasse l'argent et le met dans sa poche.

LA BONNE

Oh! que monsieur est bon!

Elle lui saisit la main et la lui embrasse.
Étonné, monsieur reste immobile, examinant la jeune soubrette qui baisse les yeux d'une mine hypocrite.

LA BONNE

Bonne nuit, monsieur.

Monsieur paraît en proie à une singulière tentation.
Il regarde la porte fermée de la chambre de sa femme; puis ses yeux se reportent sur l'aguichante fille qui l'observe en dessous; il va pour se rapprocher d'elle, puis se ravisant.

MONSIEUR, montrant la chambre à droite.

Apporte cette lampe.

LA BONNE

Oui, monsieur.

Monsieur entre à droite, la bonne le suit portant la lampe.

La porte se referme, la scène n'est plus éclairée que par la bougie
de la bonne.

SCÈNE X

MADAME, seule.

Déjà en toilette de nuit, madame descend en scène, elle tient à la main
le bracelet et le collier qu'elle a refusés à son mari.

A quoi bon lutter pour ces misérables bijoux?...
En ce moment, il est un peu fou... Je préfère le
contenter.. Serait-il déjà couché? Tiens, ce bougeoir... La bonne n'est donc pas dans la cuisine?...
Alors... Où donc?

A ce moment, la porte de droite s'ouvre, la bonne reparait un peu
décoiffée. Elle envoie un baiser dans la coulisse.

Comprenant l'horrible réalité, madame se redresse en faisant un
geste désespéré.

Pendant un instant les deux femmes se regardent.

RIDEAU

ACTE DEUXIÈME

Même décor qu'au premier acte, seulement les meubles du premier acte ont disparu. Ils sont remplacés par un buffet de cuisine en bois blanc; une table boit use, quelques chaises dépareillées et en mauvais état. A la fenêtre des rideaux de vitrage trop courts. Par terre, dans un coin, une pile considérable de *Paris-Sport.*

SCÈNE I

MADAME, LA BONNE

Au lever du rideau, madame, en peignoir, repasse du linge, sur une table, à gauche.

La bonne assise près de la table du milieu recoud un bouton à un pantalon d'homme.

Madame va à la cuisine chercher un fer plus chaud.)

Elle revient aussitôt.

La bonne achève de coudre le bouton, et, s'armant de ciseaux, elle coupe les franges qui déshonorent le bas du pantalon.

> MONSIEUR, passant la tête, premier plan à droite.

Eh bien, ce pantalon?

> La bonne se lève.

LA BONNE

Le voici, comme cela, il peut aller encore.

> Monsieur examine le pantalon et disparait.
> Madame les observe un instant, puis hausse les épaules et se remet au travail.

La bonne revient, prend dans le tiroir du buffet un vieux jeu de cartes qu'elle étale méthodiquement sur la table, et tâche de lire l'avenir.

SCÈNE II

LES MÊMES, MONSIEUR

Monsieur sort du premier plan, à droite.

Il n'a pour tout vêtement que le pantalon que la bonne vient de raccommoder. et un tricot de canotier rayé blanc et bleu.

Il tient à la main un petit pardessus mastic, un chapeau haut de forme et une cravate plastron.

Il va vers madame et la salue.

Madame lui rend froidement son salut et continue à repasser.

Parmi le linge déjà prêt, monsieur lui désigne un faux-col et une paire de manchettes.

Madame les lui donne.

Monsieur remercie de la tête et regagne le milieu.

Monsieur commence sa toilette.

Au moyen de boutons doubles et d'épingles, il parvient à fixer les manchettes aux manches du pardessus.

Puis, il fait tenir sa cravate après le faux-col. Alors il endosse précautionneusement le pardessus et le boutonne. Grâce à toutes ces manœuvres, l'absence de la chemise est dissimulée.

Certes, il n'est guère élégant; les bottines sont éculées, le pantalon est usé, le pardessus sale et frippé; néanmoins monsieur paraît assez satisfait de sa tenue, les apparences sont sauvées. Il pourra encore se présenter, sinon aux tribunes du moins sur la pelouse.

Par malheur, le chapeau est ignoblement déformé.

MONSIEUR, à madame.

Voulez-vous me prêter votre fer un instant, madame?

26.

MADAME

Le voici.

LA BONNE, frappant dans ses mains.

De l'argent, de l'argent, du trèfle partout.

MONSIEUR, sceptique.

C'est bon. Donnez-nous plutôt à déjeuner.

Il s'applique à donner un coup de fer à son chapeau, mais c'est
difficile, il s'y prend mal et se brûle.

MADAME

Vous ne savez pas vous y prendre; donnez-moi
cela.

A son tour, elle tâche de retaper le malheureux chapeau.

La bonne ramasse les cartes et va fureter dans le buffet.

Elle apporte sur la table du milieu, deux litres à peu près vides,
trois verres et un restant de pain, très dur.

Après avoir égouté les litres avec précaution, elle obtient trois
demi-verres de vin.

MADAME, rendant le chapeau.

Voilà tout ce que je peux y faire.

MONSIEUR

Il est superbe! Je vous remercie.

Il se coiffe et cherche à se voir dans un morceau de miroir qui est
posé sur la cheminée.

LA BONNE

A table!

Elle va chercher monsieur, l'amène à table, lui présente un verre,
le pain, le couteau, puis elle lui tapote les joues.

A cette vue, une sourde irritation s'empare de madame qui fait résonner son fer sur le porte-fer.

Ce bruit rappelle monsieur aux convenances, il repousse doucement la bonne et lui montre madame.

LA BONNE

Ah! elle m'embête !

Cependant monsieur se lève, porte un verre à madame, puis le pain et le couteau.

MADAME

Merci.

Elle veut se couper un morceau de pain ; mais celui-ci est si dur qu'elle ne peut l'entamer.

MONSIEUR, galamment.

Permettez.

Non sans effort il en coupe une tranche et la lui présente.

Madame remercie d'un signe de tête, trempe le pain dans son verre et mange.

Monsieur et la bonne s'installent à la table du milieu et font également la trempette.

On sonne.

La bonne va ouvrir.

SCÈNE III

LES MÊMES, LE CONCIERGE

L'air très dédaigneux et la casquette sur la tête, le concierge présente d'abord deux quittances de loyer.

LE CONCIERGE

Pouvez-vous payer?

MONSIEUR

Non, je n'ai pas d'argent.

LE CONCIERGE

Pas d'argent. Quel écœurement que de pareils loca-
taires !

Alors, il déploie un papier sur lequel on lit : « Congé », puis un
autre, avec ce mot : « Expulsion ».

Il laisse les deux papiers sur la table et se retire sans saluer.

SCÈNE IV

LES MÊMES, moins LE CONCIERGE

MONSIEUR

Hélas ! que faire ?

Il ouvre un numéro de *Paris-Sport*, va au tableau noir et écrit
quelques noms de chevaux.

Madame n'a pas fait un mouvement, résignée, elle continue à
manger sa croûte.

LA BONNE, à monsieur.

Il faut pourtant trouver de l'argent ; il en faut.

MONSIEUR

Je ne sais plus que faire... dans mes poches, rien,
que cette reconnaissance du Mont-de-Piété.

La bonne prend la reconnaissance, l'examine et secoue la tête
avec accablement.

MONSIEUR

Ici, il n'y a plus rien.

Il cherche, ouvre les tiroirs.

Ah, ce revolver.

LA BONNE

Au Mont-de-Piété, on ne prête rien sur les revolvers.

Elle ouvre la chambre de madame.

Là, rien, tout est parti.

Monsieur entre dans la chambre de droite et en rapporte un vieux pantalon et une serviette.

La bonne entre dans la cuisine et revient avec une petite casserole en cuivre.

LA BONNE

Voilà tout. Le pantalon est troué... La casserole vaut un peu mieux... sur tout ceci on ne prêtera pas trois francs.

Néanmoins elle étale la serviette et commence à faire un paquet.

MONSIEUR, au tableau.

Ah, si j'avais cinq francs... je gagnerais trois louis. Voilà des certitudes !

Il montre le tableau.

LA BONNE

Oui, c'est de l'argent sûr... Oh une idée !

Elle retrousse sa robe et défait son jupon de dessous.

Il ne vaut pas grand'chose...

MONSIEUR, examinant le paquet.

Cela ne suffira pas.

LA BONNE, les yeux fixés sur le peignoir élégant de madame.

Voilà ce qu'il nous faudrait.

MONSIEUR

Oh! non. Je n'oserais pas le lui demander.

Sans en avoir l'air, la bonne va tâter l'étoffe du peignoir et revient à monsieur.

LA BONNE

L'étoffe est superbe, on prêterait au moins dix francs.

MONSIEUR

Dix francs! vous croyez? Non, non, il ne faut pas.

LA BONNE

Eh bien, j'oserai, moi !

Elle s'approche de madame, tousse, hésite; au moment où madame la regarde, elle lui sourit.

Notre paquet, pour le Mont-de-Piété, il ne vaut rien.

MADAME

Que voulez-vous que j'y fasse?

LA BONNE

Ici, il n'y a plus rien... Nous ne mangerons plus.

MADAME

Tant pis !

LA BONNE

Pourtant... Il y a encore...

Les yeux de la bonne se fixent obtinément sur le peignoir.

MADAME, comprenant.

Hein !... mon peignoir ! Oh c'est trop fort !

LA BONNE

On prêterait dix francs sur ce peignoir.

MADAME, révoltée.

Mais je n'ai plus une robe, je ne peux pas rester nue.

MONSIEUR, timidement.

Je gagnerais beaucoup d'argent... beaucoup !...

MADAME, exaspérée.

Tenez, tenez, prenez-le.

Elle quitte son peignoir et le jette à la bonne qui se hâte de le joindre au paquet.

A présent que je suis nue, vous me laisserez tranquille.

Elle reste en jupon de dessous et en corset, les épaules et les bras nus.

MONSIEUR

Comptez sur moi... Je vais gagner sûrement, j'en
fais le serment.

MADAME

Que m'importe.

LA BONNE, à monsieur.

Allons vite.

Monsieur et la bonne sortent.

SCÈNE V

MADAME, LE CONCIERGE et LE PROPRIÉTAIRE

MADAME, seule.

Ah cette femme maudite! Et ces courses! Et ces
journaux.

Elle tombe sur une chaise accablée.

Hélas, tout est fini; qu'allons-nous faire? Qu'allons-nous devenir.

On frappe.

La porte s'ouvre, le propriétaire et le concierge paraissent.

LE CONCIERGE

C'est ici... deux quittances impayées.

Madame et le propriétaire échangent un salut.

Madame croise les bras sur sa poitrine, essayant de dissimuler sa
nudité.

Le propriétaire reste interdit à la vue de madame si peu vêtue.

LE PROPRIÉTAIRE

Quelle charmante apparition ! J'en suis ébloui !

LE CONCIERGE

Voyez, les meubles sont partis... Ces gens-là sont sans le sou. Il faut les expulser.

LE PROPRIÉTAIRE, au concierge.

Taisez-vous. (A madame.) Vous n'avez pas d'argent !

MADAME.

Non.

LE PROPRIÉTAIRE

Mais ces quittances !

MADAME

Je n'y puis rien.

LE PROPRIÉTAIRE

On va vous expulser.

MADAME

A la grâce de Dieu !

LE PROPRIÉTAIRE

Pauvre petite femme !

LE CONCIERGE, très brutal.

Allons, hop ! Faut décamper.

27

MADAME

Ah ! le butor !

Elle s'éloigne du concierge avec effroi.

LE PROPRIÉTAIRE, au concierge.

Sortez.

LE CONCIERGE

Hein, moi?

LE PROPRIÉTAIRE, s'animant.

Sortez... Mais sortez donc, sacrebleu !

LE CONCIERGE, très humble, quoique ahuri.

Parfaitement. (Saluant très bas.) Madame.

Sur un dernier geste du propriétaire, il s'empresse de disparaître.

SCÈNE VI

MADAME, LE PROPRIÉTAIRE

LE PROPRIÉTAIRE

Cet homme est un malappris... Je suis désolé.

MADAME

Ne dois-je pas tout supporter ?

Elle s'enveloppe dans un rideau bleu.

LE PROPRIÉTAIRE, examinant l'appartement.

Quelle misère ! Quelle désolation ! Comment en êtes-vous arrivée là ?

MADAME

Mon mari joue aux courses. Il a tout perdu... Je n'ai plus rien, plus rien, pas même une robe.
Oh ! j'ai honte de me voir ainsi.

Elle pleure.

LE PROPRIÉTAIRE

Pauvre petite femme !

Il rajuste son binocle et examine la jeune femme.

Elle est vraiment jolie... Très jolie ! (A madame.) Voyons ne pleurez plus.

MADAME, s'exaltant.

Et vous allez me jeter dans la rue !... Ah ! tenez, je préfère en finir tout de suite en me précipitant par là.

Elle ouvre la fenêtre.

LE PROPRIÉTAIRE, effrayé, la saisissant et la ramenant.

Y pensez-vous !... C'est de la folie.

Il referme la fenêtre.

MADAME

Que devenir ?

Elle éclate en sanglots.

LE PROPRIÉTAIRE, la faisant asseoir avec sollicitude.

Calmez vous... Vous êtes jeune et belle... Espérez en l'avenir. (A part.) Quels bras, quelles épaules.

(A madame.) Voyez l'expulsion, le congé, je déchire tout... On n'en parlera plus.

MADAME

Merci.

LE PROPRIÉTAIRE

Et vos quittances, les voici... Vous ne me devez rien.

MADAME

Que vous êtes bon.

Elle lui serre les mains.

LE PROPRIÉTAIRE, lui essuyant les yeux.

Allons, c'est fini... N'ayez plus de chagrin... Souriez.

MADAME

Non, je souffre trop dans mon cœur.

LE PROPRIÉTAIRE, montrant le portrait de monsieur.

A cause de votre mari, peut-être?

MADAME

Oui. (Avec explosion.) Imaginez-vous qu'il me trompe avec la cuisinière!

LE PROPRIÉTAIRE

Est-il vrai! L'imbécile! Tromper une si charmante femme! Il est donc fou!... Eh bien moi, je vous aimerai, je serai votre ami... je vous protégerai, je

vous défendrai. Je suis très riche... Je saurai bien
vous rendre heureuse. Fiez-vous à moi.

MADAME, confuse.

Mais, monsieur... Oh !

Elle pleure les yeux dans ses mains.

LE PROPRIÉTAIRE

Chère enfant ! mais vous avez la fièvre... votre
front est brûlant.

Très tendre, très paternel, amoureux pourtant, il la prend dans
ses bras, il l'attire sur son épaule, il la caresse comme un
enfant et lui embrasse les cheveux.

Inconsciente, madame le laisse faire.

Soudain, monsieur et la bonne paraissent.

SCÈNE VII

Les Mêmes, MONSIEUR, LA BONNE

D'abord monsieur est resté paralysé par la stupéfaction ; mais bientôt,
transporté de fureur, il bondit vers le buffet, ouvre le tiroir, saisit
le revolver et ajuste le propriétaire.

Madame s'est enfuie à l'extrême gauche, le propriétaire s'est blotti
derrière la table ; cependant, il a eu le temps de tirer son portefeuille et d'en sortir un billet de mille francs dont il se couvre
comme d'un bouclier.

Interloqué par cet argument, monsieur laisse retomber son bras et fait
mine de rajuster quelque chose à son arme.

Le propriétaire profite de cette suspension d'hostilité pour déposer son
billet sur la table et esquisser un sourire.

27.

Mais l'honneur outragé d'un mari tel que monsieur ne se contente pas
de si peu. Monsieur ajuste de nouveau le propriétaire.

Celui-ci, pensant avec raison que ce qui a réussi une fois peut réussir
encore, se met à l'abri derrière un deuxième billet de banque.
Ainsi qu'on pouvait s'y attendre, le revolver ne fonctionne pas encore,
il a décidément quelque chose de détraqué.

Monsieur frappe du pied et souffle dans le canon.
Le propriétaire place le deuxième billet à côté du premier.
Mais monsieur est dans une fureur telle qu'il dirige encore une fois son
revolver dans la direction du propriétaire.

Ce dernier tire un troisième billet qu'il dépose à côté des deux premiers ; puis, sans plus se soucier du danger qui le menace, il referme
son portefeuille, le glisse dans sa poche, et, les mains derrière le dos,
regarde monsieur d'un œil bienveillant.

Pendant un instant, monsieur est très embarrassé, la colère est
tombée ; d'autre part, il ne veut pas l'avouer.
Heureusement, la bonne le tire de cette situation délicate en venant lui
arracher son arme.
Monsieur s'adosse au buffet et reste immobile.

LE PROPRIÉTAIRE , jette un regard sur l'appartement.

Ce papier est bien vieux... je le ferai changer.

LA BONNE

Et la cheminée, monsieur, elle fume, elle fume, au
point de nous faire tousser.

Avec une bonhomie charmante, le propriétaire s'agenouille
devant le foyer et introduit sa tête dans la cheminée pour
l'examiner.

LE PROPRIÉTAIRE, se relevant.

Soyez tranquille, je ferai le nécessaire.

Il prend son chapeau et va saluer madame qui lui rend son
salut.

Il remonte et salue monsieur, qui lui rend également son salut en
détournant les yeux.

Alors le propriétaire paraît radieux, il lance un dernier regard à
madame et sort.

La bonne referme la porte.

SCÈNE VIII

MADAME, MONSIEUR, LA BONNE

Madame s'assied à gauche pensive.

La bonne va droit aux billets, les contemple, s'en empare et les
palpe.

LA BONNE

Ils sont bons !

Elle en donne un à madame qui le prend négligemment.

Voyez...

Elle en donne un à monsieur, qui le prend aussi sans le regarder.

Et même, élevant son bras, il se cache le front avec con-
fusion.

La bonne examine encore le dernier billet, le plie et le glisse dans
son corset.

Puis elle se dirige vers la chambre de droite et s'arrête sur le
seuil.

Monsieur fait un pas vers sa femme, lui tendant le billet qu'il a
dans la main.

La bonne s'emparant du billet :

Ah, non ! Pas de bêtise ! (Elle lui montre la porte de droite.)

Monsieur hésite un peu et obéit.

ACTE TROISIÈME

Le décor représente toujours le même appartement, mais l'ameublement est des plus luxeux, le parquet disparaît sous des tapis moelleux, il y a des tentures aux portes et aux fenêtres, partout et à profusion des tableaux, des bronzes, des bibelots exquis, des plantes rares, etc.

SCÈNE I

DEUX TAPISSIERS, LE CONCIERGE, LE VALET DE PIED, LA FEMME DE CHAMBRE, puis LE PROPRIÉTAIRE, puis MONSIEUR.

Au lever du rideau le valet de chambre dresse le couvert tout en faisant les yeux doux à la femme de chambre.

Les deux tapissiers, grimpés sur une échelle, achèvent de poser des portières devant la chambre, premier plan, à droite.

Le concierge, sa casquette sous le bras tient l'échelle.

Entre le propriétaire portant un superbe bouquet, tout le monde le salue.

LE PROPRIÉTAIRE, à la femme de chambre.

Demandez à madame si elle peut me recevoir.

La femme de chambre sort, deuxième plan, à gauche.
Monsieur paraît sortant de la chambre de droite.
Monsieur et le propriétaire échangent un salut cérémonieux.

LA FEMME DE CHAMBRE, revenant.

Madame va venir, elle vous prie de l'attendre.

Le propriétaire place son bouquet dans un vase.

SCÈNE II

LES MÊMES, LE PROPRIÉTAIRE

Monsieur est très agité. il va regarder à la fenêtre,
puis revient consulter la pendule.

MONSIEUR

Dix heures ! Et elle n'est pas rentrée... Oh ! mais cela ne se passera pas ainsi !...

Il marche très nerveux. puis au concierge.

Pas de lettre pour moi ?

LE CONCIERGE, très humble.

Non, monsieur, rien.

MONSIEUR

C'est inconcevable !

Il retourne à la fenêtre, rageur.

Les ouvriers ont fini ; ils plient l'échelle, saluent et sortent suivis du concierge.

Le valet de chambre commence à mettre le couvert.

MONSIEUR, à la fenêtre.

Ah ! la gueuse !

Il frappe du pied avec fureur et rentre dans sa chambre.

SCÈNE III

MADAME, LE PROPRIÉTAIRE

Enveloppée dans un peignoir de grand prix et couverte de bijoux, madame paraît.

Le propriétaire lui baise la main, lui montre l'appartement et la fait asseoir à gauche sur le canapé.

LE PROPRIÉTAIRE

Cela vous plaît-il ainsi?

MADAME, examinant à l'aide d'un face à main.

Oui, oui, c'est bien.

LE PROPRIÉTAIRE, lui baisant la main.

Que je suis heureux!

LE VALET DE CHAMBRE, apportant des cartons.

Pour madame.

MADAME, joyeuse.

Voyons!

Elle ouvre des cartons et en tire des étoffes claires qui étalées, concourrent à égayer le décor.

LE PROPRIÉTAIRE

Êtes-vous contente, madame?

MADAME

Oui, certes, c'est superbe.

LE PROPRIÉTAIRE

Je vous aime tant.

MADAME

Oh, pas de ça, restons amis ; des amis, rien de plus.

LE PROPRIÉTAIRE

Laissez-moi vous prendre un baiser, un seul.

MADAME

Oh, non, par exemple... Ou bien, là, sur le front.

Elle lui tend son front, le propriétaire l'embrasse paternelle-
ment.

A présent, partez. Il faut que je termine ma toilette. Allez.

Le propriétaire sort par le fond. Madame rentre dans sa chambre.

SCÈNE IV

MONSIEUR, seul.

Monsieur sort de sa chambre tenant une jupe et une photographie ; il
s'assied à droite et explore fiévreusement les poches de la robe.
Il y trouve des lettres qu'il lit d'un coup d'œil et la photographie d'un
jockey.
On sonne.
Le valet de chambre va ouvrir.

MONSIEUR

C'est elle.

SCÈNE V

LE MÊME, LA BONNE, LE VALET DE PIED et LA FEMME DE CHAMBRE

La bonne en toilette tapageuse, la chevelure en désordre et le teint frippé comme après une nuit de débauche, paraît sur le seuil. Monsieur bondit vers elle.

MONSIEUR

D'où viens-tu? Où as-tu passé la nuit?

LA BONNE

Tout à l'heure, je te l'expliquerai.

Elle veut entrer à droite.

MONSIEUR, lui barrant le passage.

Arrière! Je te connais. Voilà les lettres de ton amant, voilà son portrait. C'est avec lui que tu as couché. Retourne vers lui.

LA BONNE

Comment, tu fouilles dans mes poches.

MONSIEUR, furibond.

Va-t'en! Va-t'en!

LA BONNE

Et mes affaires?

Sur un geste de monsieur, la femme de chambre et le valet entrent dans la chambre de droite.

28

Ils reviennent, la première apportant une brassée de vêtements
féminins, le deuxième avec une malle.

Tous les deux sortent par le fond et reviennent aussitôt.

MONSIEUR, à la bonne.

A présent, file, hors d'ici !

LA BONNE

En voilà un pignouf !... Tu sais, je me fiche de toi !

MONSIEUR

Je te méprise, va-t'en !

LA BONNE

Tiens, tu n'es qu'un cornard !

Monsieur la prend par les épaules et la pousse vers la porte.
La bonne lui échappe saisit une chaise et le menace.
Madame paraît à la porte de sa chambre.
Le propriétaire, suivi du concierge, entre et reste au fond, con-
templant cette scène.
Le concierge arrache la chaise des mains de la bonne.

MONSIEUR

Jetez-la dehors.

La bonne veut se précipiter sur monsieur, les ongles en avant ;
mais le valet de chambre la saisit à bras-le-corps.
Néanmoins, de ses bras libres, elle peut encore mimer.

LA BONNE

Oui, tu es un cornard, un cornard complaisant !

Monsieur s'élance sur elle menaçant ; la femme de chambre et la
domestique le retiennent.

La bonne sort rageusement en bousculant le propriétaire et le concierge.

SCÈNE VI

LES MÊMES, moins LA BONNE

MONSIEUR, honteux.

Pardonnez-moi ce scandale... c'est la faute de cette femme.

LE PROPRIÉTAIRE, très indulgent.

Bast! ne vous tourmentez pas, c'est une vétille.

MONSIEUR

C'est fini... elle ne remettra jamais les pieds ici. (S'épongeant le front et chancelant.) Elle m'a mis dans un état!

Il tombe dans un fauteuil.
Le propriétaire le soutient et lui tapote les mains.
Madame lui apporte un verre d'eau.
Monsieur boit.

MONSIEUR

Merci!

LE PROPRIÉTAIRE

Vous sentez-vous mieux?

MONSIEUR

C'est passé; merci.

Il lui serre la main; puis, se souvenant, il retire sa main et se redresse.
Très digne, il salue et entre à droite.

SCÈNE VII

MADAME, LE PROPRIÉTAIRE

LE PROPRIÉTAIRE

Pauvre garçon ! il a des peines de cœur.

MADAME

N'oublions pas que c'est sa fête, la Saint-Pierre.

Elle lui montre le calendrier et les fleurs.

LE PROPRIÉTAIRE

Sa fête, oh, je tiens à la lui souhaiter. Je vais chercher mon cadeau et je reviens.

Il sort.

MADAME

Que je suis émue ! Comment va-t-il m'accueillir ?

Elle va écouter à la porte de droite, puis faisant vivement un pas
en arrière.

Le voici.

SCÈNE VIII

MADAME, MONSIEUR

Monsieur revient excessivement élégant ; il tient à la main
sa canne et son chapeau, prêt à sortir.

MADAME, souriante, l'arrêtant.

Restez, je vous prie.

MONSIEUR, très raide.

Je n'ai rien à vous dire.

MADAME

Arrêtez, je vous en prie.

MONSIEUR

Enfin, que voulez-vous ?

MADAME

Attendez.

Empressée et câline, elle lui enlève le chapeau et la canne qu'elle dépose sur un siège; puis le prenant par la main, elle l'amène devant l'almanach.

Voyez, 29 juin, c'est la Saint-Pierre.

MONSIEUR, agité par des sentiments confus.

Ah, vous y avez pensé.

MADAME

Oui, avec mon cœur.

Tous les deux, les yeux baissés, gardent l'immobilité pendant une seconde; puis madame lui offrant le bouquet.

Prenez.

MONSIEUR, avec rancune.

Non.

MADAME

Oh, soyez bon, prenez !

28.

MONSIEUR, très dur.

Jamais, jamais.

MADAME, des larmes dans les yeux.

Je ne suis pas coupable moi... Ce luxe ici, tout cela... Mon cœur ne le désire pas...

MONSIEUR

Et le vieux à favoris?

MADAME

Lui! il est vieux, cassé... nous ne sommes que des amis...

MONSIEUR

Allons donc!

MADAME

Oh, je te le jure... Entre lui et moi, rien, rien.

MONSIEUR

Rien!

MADAME

Bien vrai... Prenez ce bouquet.

Madame lui saisit la main et d'un geste passionné la pose sur son cœur.

Monsieur est troublé, mais voyant revenir le propriétaire, il repousse sa femme, pose le bouquet, reprend son chapeau et se dirige vers la porte.

SCÈNE IX

Les Mêmes, LE PROPRIÉTAIRE

Le propriétaire se met devant la porte, barrant le passage à monsieur.

LE PROPRIÉTAIRE, souriant avec bonhomie.

Un instant... c'est votre fête.

MONSIEUR

Lui aussi !

Madame met le bouquet dans un vase sur la table.

LE PROPRIÉTAIRE

Laissez-moi vous offrir mon petit cadeau.

Il lui présente une jumelle de course.

MONSIEUR

Oh, pour cela, non, par exemple.

LE PROPRIÉTAIRE

Je n'admets pas de refus.

MONSIEUR

Non, non.

Le propriétaire lui saisit les mains et les lui serre chaleureusement.

Profitant de cet instant, madame passe la courroie de la jumelle au cou de son mari.

MADAME

C'est fait.

MONSIEUR

Vraiment, je suis confus... je vous remercie, adieu !

Il veut sortir.

Mais le propriétaire lui saisit le bras droit, madame lui prend le bras gauche et tous les deux l'amènent vers la table avec une douce violence.

LE PROPRIÉTAIRE

Vous allez déjeuner avec nous.

MONSIEUR

C'est impossible.

MADAME

Nous allons déjeuner tous les trois.

LE PROPRIÉTAIRE

Ce sera charmant !

Ils l'asseyent de force sur la chaise de droite.

MONSIEUR

Non, non, je vous en prie, laissez-moi.

LE PROPRIÉTAIRE

Puisque c'est la Saint-Pierre.

MADAME

Sans doute, puisque c'est la Saint-Pierre.

MONSIEUR

Je suis honteux.

LE PROPRIÉTAIRE, aux domestiques.

Vite, vite.

Les domestiques s'empressent.

Madame, monsieur, le propriétaire prennent place autour de la table.

Les bouchons sautent, le champagne pétille dans les verres.

LE PROPRIÉTAIRE

Vive la Saint-Pierre !

Ils trinquent.

Madame regarde monsieur avec tendresse.

Vive la Saint-Pierre, comme cela à nous trois, c'est parfait.

MADAME

Oh, oui !

Elle met son pied sur le pied de son mari, le valet de chambre découpe le poulet sur un guéridon, à droite ; le propriétaire hausse les épaules et se lève.

LE PROPRIÉTAIRE

Ce n'est pas ainsi qu'on s'y prend, donnez-moi ça.

Le propriétaire découpe, tournant le dos à la table. — Les domestiques sortent, madame passe un bras autour du cou de monsieur et l'embrasse.

Monsieur lui rend son baiser.

A ce moment, le propriétaire se retourne, et les surprend enlacés.

LE PROPRIÉTAIRE.

Oh! mon Dieu, ils s'aiment!... Quelle souffrance là,

au cœur... Enfin, je me sacrifierai... qu'ils soient heureux... c'est leur droit.

> Il pousse un soupir de résignation ; puis revenant bruyamment vers la table.

LE PROPRIÉTAIRE, s'efforçant de paraître joyeux.

Voilà le poulet !

RIDEAU

PEAUX DE LAPINS

PEAUX DE LAPINS

PIÈCE FANTASTIQUE POUR CLOWNS

PERSONNAGES

CHARLES.
BOB.
OPHÉLIA : La Fée des bois.
UN MARCHAND DE PEAUX DE LAPINS.

DÉCOR

Le décor représente une forêt composée d'arbres étranges, aux
branches noueuses et tordues.
Dans le fond, une petite route.
Çà et là, au premier plan, des buissons où poussent des fleurs
singulières.

Au lever du rideau, Bob et Charles sont à demi-visibles dans les branches
d'un arbre. Ils lèvent un bras, une jambe; enfin ils glissent le long
du tronc et tombent sur la scène, sans bruit.

Duo :

Dans ces bois very confortables
Toujours dépourvus de constables,
Nous attendons, un peu songeurs,
Le passage des voyageurs.

Ils dansent. Charles remonte.

BOB

Ne voyez-vous rien venir ?

CHARLES

Nô. (A la cantonade.) Venez, mon cher pigeon.

BOB

Nô, pas pigeon... Disez, mon cher voyageur.

CHARLES

. Venez, mon cher pigeon... (Bob le menace.) Voyageur.
(Descendant en scène, au public.) Nous attendons les voyageurs pour...

BOB, sévèrement.

Tchales !.

CHARLES

Pour...

BOB

Taisez-vô !...

CHARLES

Pour... (Bob le frappe.)

OPHÉLIA, passe dans le fond, elle chante.

Je suis l'âme des grands bois,
Le souffle léger qui passe,
Les inquiétantes voix
Qui gémissent dans l'espace,

Je suis les parfums, les voix,
Je suis l'âme des grands bois.

Elle passe en dansant devant Bob et Charles, puis disparaît. —
Pendant tout le temps qu'elle est en scène, Bob et Charles ne
font pas un mouvement.

CHARLES, après le passage d'Ophélia, se balance, pâmé.

Aoh! Sheakspeare! les fleurs, l'amour!

BOB

Quoi c'était que vous avez, mon frère!

CHARLES

Aoh! Les bois, c'était la poésie!

BOB

Vous étiez mélède?

CHARLES

Bob!

BOB

Tchales?

CHARLES

La poésie, c'était pas la niourritieure?

BOB

Nô, c'était pas la même chose. (Il se frotte le ventre
d'un air navré.)

CHARLES

Savez-vô, qu'est-ce que c'était, une tranche de rostbeaf?

29.

BOB, grinçant des dents.

Yes.

CHARLES

Vô aimez une tranche de rostbeaf?

BOB, même jeu.

Taisez-vô... fermez la boate de vô.

CHARLES

Bob... Combien c'était de minioutes pour une heure?

BOB

Soixante.

CHARLES

Mais si pas mangé depouis trois jours, c'était combien de minioutes pour une heure!

BOB, le frappant.

Voilà combien, voilà!... Animal! stioupide! chival!

CHARLES

Aoh! J'ai encore faim davandtaige.

BOB

Alors, il fallait danser.

CHARLES

Yes, je étais très léger!... comme oune fumée!... comme un rayon de lune!

Il danse et saute sur Bob.

BOB

Yes, comme oune rayon de lune.

Jeux acrobatiques.

CHARLES, après les jeux.

Bob.

BOB

Tchales.

CHARLES

Je rêvais.

BOB

A quoi?

CHARLES

Je rêvais oune tranche rostbeaf.

BOB

Encore parler rostbeaf... attendez... Voilà pour vô rosbeaf. (Il le frappe.)

Combat comique.

CHARLES

Voilà pour vô beafsteachs!

BOB

Voilà pour vô confitioures!

CHARLES

Voilà pour vô ploum-pudding!

BOB

Voilà pour vô pale-ale !

CHARLES

Voilà pour vô champaigne !

BOB

A votre santé !

[CHARLES

Aoh ! j'étais complètement gris.

BOB

Je avais mon ponpon !

Reprise du duo.

Orphélia fait entendre quelques arpèges et passe devant Bob et
Charles... Elle danse et disparait...
Après la reprise du duo, Charles a sauté sur l'arbre.

BOB

Ne voyez-vô rien venir ?

CHARLES

Nô... seulement le brouiliard de la nuit. (Il descend.)

BOB

Je vais regarder aussi. (Il saute à son tour sur l'arbre.)

CHARLES

Ne voyez-vô rien venir ?

BOB

No... ah! si... Une pétite oiseau... (Il empoigne le saxo-volant.)

CHARLES

Aoh! mon frère, faisez le chanter... if you please... Cela fera venir le voyaguer!

BOB, joue un solo.

CHARLES, pendant le solo, demeure extasié.

Après le solo. Ophélia passe dans le fond et disparaît.

Aoh! Joséphine... Augustine... Miss Betzy!!!

Puis on entend crier : « Peaux de lapins ».

CHARLES

Un voyageur!

BOB

Silence! (Il descend doucement de l'arbre.)

CHARLES, au public.

Nous attendons les voyageurs pour...

BOB, le frappant.

Taisez-vô! (Il aiguise un grand couteau.)

Les cris de « Peaux de lapins » se rapprochent.

Pantomime.

Le marchand paraît dans une petite voiture traînée par un âne.

LE MARCHAND

Peaux de lapins! Peaux de lapins!

BOB ET CHARLES

Pst! Pst!

LE MARCHAND, *après les avoir examinés.*

Aoh! c'était des mauvaises garçons! Hue!...

Il veut fuir.
Charles se jette à la tête de l'âne et l'arrête.

BOB

Descendez, mylord.

CHARLES

Nous voulons parler à vô.

LE MARCHAND

Nô... je volais partir.

BOB

Descendez donc.

*Il lui assène un terrible coup sur la tête. Le marchand tombe de
la voiture en faisant un saut périlleux.
Bob et Charles amènent le marchand sur le devant de la scène et
saluent avec une déférence exagérée.*

BOB

Nous étions des amis pour vô.

CHARLES

Je respecte vô, mylord peaux de lapins.

LE MARCHAND, paralysé par une peur atroce.

Vô avez une peau à vendre?

BOB

Yes, la peau de mon frère.

LE MARCHAND, s'efforçant de plaisanter.

Aoh! il ne fallait pas vendre la peau de son frère avant de l'avoir toué.

CHARLES

Ça ne fait rien... Combien donnez-vô pour la peau de moi?

LE MARCHAND

Je volais partir...

BOB, lui prenant sa bourse.

Ça, c'est pour méi.

LE MARCHAND

Mon argent!

CHARLES, lui dérobant sa montre.

Quelle heure est-il?

LE MARCHAND

Ma montre!

BOB

C'était pour le peau de mon frère.

LE MARCHAND

Aoh! Je crois que vô étiez des mauvaises garçons! Aux voleurs!

CHARLES

Schoking... Vô pas. chanter. (Il lui serre le cou.)

BOB

Fermez le boîte de vô.

De son bras, armé d'un couteau, il lui traverse la poitrine.

[LE MARCHAND, saisissant la main ensanglantée.

Aoh! je tenais vô! Au secours!

CHARLES

Vô étiez mélède?... Aoh, je étais docteur... Vô avez
un poing de côté... Je vais guérir vô...

Il va prendre un marteau monstrueux et lui en assène un coup
sur le crâne.

Voilà pilule.

Bob dégage son bras.

Le marchand commence une série de sauts périlleux entremêlés
de contorsions invraisemblables qui indiquent l'agonie.

Soudain il se redresse encore et profère ces mots d'une voix
étrange : l'eaux, veaux, peaux de lapins!

Il tombe mort.

Aussitôt Bob, et Charles pendent son cadavre à une haute
branche.

Un vol de corbeaux s'abat sur le pendu et en dérobe la vue pendant un moment.

CHARLES CENTER
BOB, montrant les corbeaux.

Aoh! mon frère, voyez les jolis oiseaux!

CHARLES

Je aimé beaucoup les oiseaux, ils mangent rostbeaf.

BOB

Yes.

OPHÉLIA

Je suis les parfums, les voix,
Je suis l'âme des grands bois.

Elle danse et disparait.
Masqué par les corbeaux, le pendu a pu être remplacé par des vêtements

BOB

Les oiseaux ont fini rostbeaf.

CHARLES

Moi je vais faire la soupe. (Il va vers la marmite.)

BOB, va à la voiture et jette à Charles deux peaux de lapins,
une vieille bottine et un vieux chapeau.

CHARLES, reçoit ces objets, les jette dans la marmite et dit.

C'était pour le soupe.

BOB, montrant l'âne.

Lui aussi pour le soupe.

CHARLES

Yes, dans la marmite.

Ils vont prendre l'âne, mais celui-ci se dresse et crie : Peaux de lapins.

Bob et Charles se reculent effarés. L'âne fuit dans la coulisse.

Ils vont vers la voiture, mais la voiture crie : Peaux de lapins, et fuit dans la coulisse.

BOB

Allons manger la soupe.

CHARLES

Yes, la faim m'enivre... J'entendais des choses extraordinaires !

BOB

Venez manger la soupe.

CHARLES

Servez chaud.

Bob découvre la marmite, de la vapeur sort, puis le squelette du marchand jaillit de la marmite et crie : Peaux de lapins.

Bob et Charles fléchissent sur leurs genoux.

Le squelette sort de la marmite et disparaît dans la coulisse en faisant une salade de sauts périlleux.

CHARLES

Bob !

BOB

Tchales !

CHARLES

Je n'ai plous faim !

BOB

Mea culpa, mea culpa.

CHARLES

Mon pauvre frère, vous perdez la tête, allons faire promenade !

BOB

Mea maxima culpa.

CHARLES

Ducunt volentem fata, nolentem trahunt...

OPHÉLIA

Je suis l'âme des grands bois.

CHARLES

Regardez, mon frère, c'est la Poésie.

BOB

Aoh! j'avais peur.

Au moment où il se retourne, le squelette remplace Ophélia et crie : *Peaux de lapins*, puis disparaît...
Bob et Charles font des contorsions exprimant la terreur.

CHARLES

Bob !

BOB

Tchales !

CHARLES

Soyons gais !

BOB

Je étais gai !

CHARLES

Soyons rigolos !

BOB

Yes, rigolos !

CHARLES

Je vais chanter quelque chose. (Il chante.)

Soyez bénis les doux poëtes
Qui savez l'amour, la beauté,
Le cœur dispos... dispos... peaux, peaux de lapins.

BOB, terrible.

Taisez-vô, chantez pas *peaux de lapins.*

CHARLES, reprenant.

Le cœur dispos, dispos, peaux, peaux de lapins.

BOB, le poussant.

C'est moa, je vais chanter. (Il chante.)

Il y avait une fois un chapeau, peaux, peaux de lapins.

CHARLES

Prenez garde, vous chantez aussi *peaux de lapins.*

BOB

Aoh! je voulais pas chanter peaux, peaux de lapins.

CHARLES

Aoh! mon frère, nous étions très mélèdes, nous avions une mélédie... de... peaux, peaux de lapins.

BOB

Taisez-vò, fallait plious jamais pàler!

CHARLES

Seulement danser, yes.

> Ils dansent mollement.
>
> Le squelette paraît, et vient s'appuyer contre l'arbre.
> Bob et Charles en le voyant, s'arrêtent, et, face au public, n'osant se retourner, ils se mettent à murmurer tout bas, très vite, puis plus haut : *Peaux de lapins.*
> Enfin, ils tombent raides.

OPHÉLIA, vient entre eux en dansant, puis saluant le public et lui souriant, elle dit gaiement,

Peaux de lapins!

RIDEAU

TABLE DES MATIÈRES

FIN

IMPRIMERIE E. FLAMMARION, 26, RUE RACINE, PARIS.

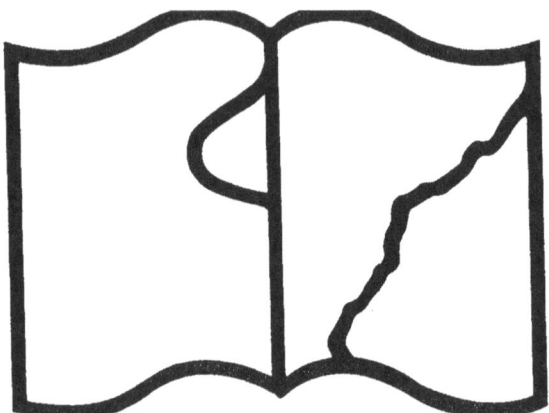

Texte détérioré — reliure défectueuse

NF Z 43-120-11

C'EST A L'OBLIGEANCE DE M. LE PROFESSEUR STEBBING

ET DE M. REUTLINGER, PHOTOGRAPHES

QUE NOUS DEVONS LA REPRODUCTION

DES PORTRAITS DE Mmes ANGÈLE GIRAUD, RENÉE DE PRESLES

LOUISE WILLY, SUZANNE DERVAL, MICHELINE

ANDRÉE GANTI, Mme SIMIER.

www.ingramcontent.com/pod-product-compliance
Lightning Source LLC
Chambersburg PA
CBHW060931030726
47503CB00003B/547